脳科学捜査官　真田夏希

ノスタルジック・サイコスリラー

鳴神響一

角川文庫
24030

目次

序章　函館に残る悲しみ

【1】

北国に短い夏が訪れている。

自然に許されたひとときの暑さを、青い空が発散させるかのような陽ざしが注いでいた。

（まるでピンクトルマリン、それからルビーやトパーズみたい）

小学五年生の夏希《なつき》は、目の前で咲き乱れる早咲き品種のコスモスの花に見とれていた。

風に揺れるたくさんの花弁は夏希の目には宝石のように輝いて見えた。

函館《はこだて》の旧市街から北へ一六キロほど、大沼《おおぬま》国定公園の中心地域を擁する七飯町《ななえちょう》の公営火葬場に夏希は来ていた。

もうすぐ建て直される予定の古い建物は、共同墓地と豊かな森に囲まれていた。

ちいさい頃からずっとかわいがってくれていた母方の祖母である良枝《よしえ》が茶毘《だび》に付されているのだ。

まだ五六歳の若さだったが、祖母は心筋梗塞《しんきんこうそく》で急死した。

夏希はやさしくてきれいな祖母が大好きだった。

祖母は自分のことを「おばあちゃん」と呼ばれるのを嫌って、夏希たちに自分のことを「おっきいママちゃん」と呼ばせていた。

去年の五月くらいからつらいときに、夏希はひとりで函館本線に乗って「おっきいママちゃん」を訪ねることが多くなった。

祖母は祖父と一緒に大沼の眺めがいい場所で、観光客相手の小さなレストランを営んでいた。

ヒマワリが咲き乱れ、大沼が光る景色のなかで祖母は言うのだった。

「今日は湖が特別にきれいだねぇ。こういう日は夏ちゃんが来るんじゃないかってね……そんな気がしてたんだ」

とつぜん訪れた夏希の顔を見ると、いつも祖母は事情も訊《き》かずに笑顔で歓待してくれた。

「ほら、夏ちゃんの花が歓迎してくれてるよ」

八月生まれだから、祖母はヒマワリを夏希の花だと言っていた。

いつでも祖母は大きくて豊かなあたたかい存在だった。

祖母のなきがらが灰になるまでには、まだ四〇分以上は掛かるという話だった。

父母や叔父叔母《おじおば》をはじめとする親族は斎場の待合室でお茶を飲んでいるはずだった。

陰気くさいその部屋の雰囲気にがまんできず、夏希は建物の外に出ていた。

それ以上に、火葬炉前で祖母の棺《ひつぎ》を見送ったときに全身を襲った恐怖感に、夏希は建物から逃げだしてしまった。

祖母の……というよりひとりの人間の身体がこの世から消え去るという恐ろしさに夏希は耐えられなかった。

煙突からの薄灰色の煙を眺めながら、夏希は不思議な思いに囚《とら》われていた。

胸を襲うのは恐怖ばかりで、少しも悲しみが湧き起こってこないのだ。

祖母の肉体が燃えて消えてゆくことがとにかく恐ろしかった。

正面玄関の横に置かれたベンチに座った夏希は、ぼーっとあたりの景色を眺めていた。

ドアのあたりから大きく張りだした庇《ひさし》のおかげで、夏希は陽ざしを直接に受けずにすんだ。

しばらく無為な時間をすごしていると、出入口のガラスドアが開いて紺色のワンピースを着たちいさな影が駆け寄ってきた。

夏希の同い年の従姉妹《いとこ》、武藤朋花《むとうともか》だった。

朋花は、夏希の母である俊美《としみ》の年子の妹である恭美《やすみ》の長女だった。二人は物心ついた頃から実の姉妹以上に仲がよかった。

二人の顔立ちは似ていて背恰好《せかっこう》も近かったので、祖母からは双子みたいだと言われていた。

青白い顔の朋花は両の瞳《ひとみ》いっぱいに涙を溜《た》めていた。

夏希を見つめた朋花の目から涙があふれ出した。

朋花は身体を小刻みに震わせて泣きじゃくっている。

「夏ちゃん、あたしね……あたし……」

朋花の言葉は続かなかった。

しゃくり上げる朋花の声が響いた。

「コスモスきれいね」

夏希の口を突いて、自然に出た言葉だった。

「何言ってんの。おっきいてママちゃんにもう会えないんだよ」

朋花は白い目を剝《む》いて叫んだ。

「しょうがないよ。死んじゃったんだもん」

そのときの朋花の顔を夏希は一生忘れることはできない。

朋花は目を見開き、白い歯をカチカチ鳴らしている。

まるで、お化けにでも遭ったかのような顔だった。

「夏ちゃんなんて大嫌いっ」

激しい声で叫ぶと、朋花は身体を翻らせた。

お下げ髪の白いリボンを揺らしながら、小さくなってゆく紺色ワンピースの背中を、夏希はぼう然と見送っていた。

「朋ちゃん……悲しいんだよね」

いまさらながらに、夏希は自分の言葉が朋花を傷つけたことを強く感じた。

後悔が夏希の胸のなかで、夕立の前に空に広がる黒雲みたいにどんどん大きくなっていった。

夏希の感情が大きく揺さぶられる日が訪れた。

祖母が天に帰って半月ほどした八月一五日は夏希の誕生日だった。

母から祖母が残したプレゼントを渡された。夏希が欲しくてたまらなかった白い《ひよこっち》だった。

携帯育成ゲームとして大ヒットした《ひよこっち》は、過熱人気で市場から姿を消していた。定価は一〇〇〇円にも満たないのに、一個、数万円で取引されることもあるほどだった。

祖母は苦労して手に入れてくれたはずだ。

プレゼントには小さなグリーティングカードが添えられていた。


――お誕生日おめでとう。夏っちゃんはやさしいから、きっと可愛く育つよ。おっきいママちゃんより

メッセージを読んだとたん、夏希の両目から涙があふれ出て視界が霞《かす》んだ。

「おっきいママちゃん……」

つぶやく夏希の胸は締めつけられるように痛み始めた。

夏希は家のまわりの小さなヒマワリ畑に身を隠すようにしていつまでも泣いていた。

その日の夕飯は、すき焼きをはじめ夏希の好きなご馳走《ちそう》が並んだが、ほとんど手をつけられなかった。

翌日以降も夏希を悲しみが包んだ。

食事がのどを通らなくなって、いつもの半分くらいしか食べられなくなった。

母が心配して医者に連れて行こうとしたくらいだった。

寝るときも、祖母の思い出が次々に浮かんできて夜中に何度も起きるような日が続いた。

それから一ヶ月が経って七飯のプロテスタント教会で祖母の記念集会が開かれた。カトリックの追悼ミサに当たる行事だが、終了後は親族一同の食事会があった。

夏希は再会した朋花に、祖母からもらった《ひよこっち》の話といまの気持ちを懸命に訴えた。

「朋ちゃん、あたし悲しくてご飯が食べられなくなっちゃった……」

「嘘つき」

朋花の目は疑いに満ちていた。

夏希の言葉を少しも信じていないことがはっきりと表れていた。

朋花は席を立って別の座卓へ移ってしまった。

それっきり朋花は夏希に対してひと言も口を利かなかった。

夏希は悲しくて何度か電話したが、朋花は電話口にさえ出てこなかった。

朋花は決して夏希を許してくれなかった。

朋花に会うのがつらくて、残された祖父が一人で続けているレストランにも、叔母の家にも夏希は近づかなくなっていった。

母が七飯に行くときも、行けない理由を考えて函館の家に残るようになった。

朋花とは何年も顔を合わせなくなった。

一方で、夏希は自分のこころに強い不安を覚えていた。

祖母が亡くなってから半月もの間、夏希は悲しみを感ずることはなかった。

朋花はあんなに悲しんでいたというのに……。

自分は異常なのではないか。

そんな思いがずっと夏希の胸を苦しめていた。

答えを知りたくて夏希は中学に入った頃から心理学の入門新書などを、学校の図書館でむさぼるように読み始めた。

なんらかの理由を見つけて、朋花に納得してもらいたい気持ちも強かった。

だが、あのときの自分の心理状態を説明できるような内容は見つけることができなかった。

それから何年もの月日が経った。

函館市と七飯町で、別の中学校を卒業した夏希と朋花の間に生まれた壁は崩れることはなかった。親戚の集まりで顔を合わせたことは何度かあったが、夏希が声を掛けても朋花はいつも素っ気なく冷たい答えを返すばかりだった。

親しく話すことが一度もないまま、ふたりは高校生となった。

高校二年が終わりに近づいた春のある日、相変わらず夏希は図書館で心理学関係の本を読んでいた。

――初期の死別反応が中断、回避されて、喪失の数ヶ月後、数年後に遅れて表れたり、死別した人と同じ年齢になったときに反応が表れる……

「これだ！」

思わず夏希は叫んでいた。

近くの席で勉強していた女子に睨《にら》まれて夏希は首をすくめた。

夏希の目を捉《とら》えたのは「遅延した悲嘆」(delayed grief) という概念だった。

悲嘆研究の第一人者として知られるビバリー・ラファエル博士の一九八二年の分類として載せてあった。「悲嘆の遅延」とも呼ばれるらしい。ほかにも何人かの研究者によって病的悲嘆の一類型として指摘されていると記載されていた。

「すごく遅れて悲しくなる人だって、ちゃんといるんだ!」

ついに出会った。夏希の胸はドキドキした。

「あたしは異常じゃないんだ」

こころがすーっと軽くなるのを感じていた。

さらに懸命に調べると、「悲嘆の遅延」は、愛する人との死別があまりに苦しいことで、こころが壊れるのを防ぐための自己防衛の機能であるとの叙述に出会った。

夏希の場合には、祖母への愛情が強すぎて、リアルタイムに祖母が死んだことを受け止めていたら、こころが壊れるおそれがあったのだろう。

愛する人との別れが引き起こす、うつ状態は数多く存在する。

意識下の夏希は、どうしても祖母の死を受け容《い》れることができなかった。そのために「悲嘆の遅延」が起きたのだ。

祖母との別離という大きな傷に耐えられない自分の心が、自分に嘘をついていたわけである。

「朋ちゃんにわかってもらえるかもしれない」

夏希は近いうちに朋花に会いにゆこうと決心した。

もうすぐ春休みだった。

違う高校に通う二人だったが、春休みならばお互いに時間を作ることもできよう。

朋花と再会できる日を夢見て、夏希のこころは浮き立っていた。

【2】

よく晴れた空の色を映す函館湾は青く澄み渡っていた。

春休みに入ってすぐの土曜日。夏希は緑《みどり》の島《しま》のヨットハーバーに来ていた。

緑の島は函館港のシンボル緑地とも呼ばれる埋立地で、散策や釣りの人で賑《にぎ》わうほか各種のイベントも開かれる市民の憩いの地でもあった。

午前一〇時の集合時間少し前、夏希は不安と期待を込めて緑の島に続く橋を渡った。

緑の島の陸地に近い南側にはヨットハーバーがある。

水路沿いの道を夏希は足早にマストが並ぶほうへと歩みを進めた。

父の大学時代の友人である赤沢政隆《あかざわまさたか》が函館湾クルージングに誘ってくれたのだ。

赤沢は道南学院《どうなんがくいん》大学文学部で英文学と比較文化論を講じている四三歳の助教授で、夏希は幼い頃から何度かヨットに乗せてもらっていた。

今日は赤沢ゼミの男女学生が三人と夏希……さらには朋花も来る予定になっていた。

赤沢は役所勤めの朋花の父親とも仲がよかったので、彼女もちいさい頃から赤沢のヨットには何度か乗っていた。

夏希は今日こそ朋花に「悲嘆の遅延」についてしっかり話そうと覚悟していた。

祖母の死にこころを動かさない情のない人間と誤解されているままの日々は苦しかった。

それにむかしのように朋花と遊び笑い合う関係に戻りたかった。

胸に鼓動を感じながら夏希はヨットハーバーを目指した。

セーリングヨットやプレジャーボートがずらりと係留されているポンツーン（浮桟橋）の入口のゲートまで来ると、数人の男女がパラパラと立っていた。

中心には招待してくれた赤沢のフレンチブルーのマリンパーカー姿も見える。

だが、そこに朋花の姿は見えなかった。

夏希はがっかりして肩を落とした。

いやいや、これから来るはずだと夏希は思い直した。

目の前には32フィートのセーリング・クルーザーが夏希を待っていた。

船の名前は《ブリズ・ドゥ・メール》……海風をあらわすフランス語だそうだ。

コックピットの入口やキャビンの窓枠などにニス塗りの木製部品がアクセントに入っている白い船体は美しかった。

「おはようございます。よろしくお願いします」

夏希は元気よく振る舞って明るくあいさつした。

「おはよう」

「よろしくね」

「麻由香《まゆか》です。楽しくやりましょうね」

赤沢を囲んでいた大学生のお兄さんお姉さんたちがにこやかにあいさつを返してきた。

「今日はありがとうございます」

夏希は赤沢の前に進んでぺこりと頭を下げた。

「夏ちゃん、おはよう、いいお天気になったね」

満面にさわやかな笑みを浮かべて赤沢は快活に答えた。

日焼けした四角い顔に白い歯が輝く。ぱっと見には英文学者というよりテニスかゴルフのプレイヤーのような健康的な雰囲気を持っている。

どちらかというと神経質なところが目立つもの静かな父とは正反対なタイプだ。学生時代には仲がよかったというが、どんなところに共感し合っていたのだろうか。

「朋花ちゃん、来てないみたいですけど」

さりげない調子で夏希は訊《き》いた。

「うん、彼女は起きたら頭が痛いとかで今日は欠席だ。うちの学生のひとりも同じようなことを言ってこない。風邪でも流行《はや》っているのかな？」

首を傾げて赤沢は答えた。

誤解を解くチャンスは今日もやってこなかった。

朋花に会えぬことに夏希はひどく気落ちして肩を落とした。

だが、夏希の若いこころはいつまでも落胆に留まってはいなかった。

がっかりしたが、今日のクルージング自体は楽しみだ。

雲ひとつない青空の下、雪が溶けた函館山もくっきりと独特な山容を見せている。

船がポンツーンを離れれば、北海道駒《こまが》ヶ岳《たけ》も望めるはずだ。

「みんな、しっかりと着込んできたか」

赤沢の問いに一同は元気よくうなずいた。

たしか朝のテレビで見た気温は四度で、この時季としてはあたたかい気候だ。

とは言え、セーリングは風を受けて進む。

つまり追い風を受け続けることになるわけだ。

体感温度はかなり低くなることは夏希にも想像できた。

だから、マウンテンパーカーの下にはしっかりフリースを着込んできたし、キルティングの裏地を持つパンツを穿《は》いてきた。

ポンツーンに立っている限りは問題ないが、沖へ出たら寒い思いをしないか心配だった。

過去にこの季節にヨットに乗ったことはなかった。

「さぁ、出かけるぞ。みんな船に乗ってくれ」

赤沢が声を掛けると、夏希と三人の大学生は次々にライフラインという落水防止用のステンレス製ワイヤーを乗り越えてヨットのデッキに乗り込んだ。

コックピットには向かい合わせにベンチのような座席が設《しつら》えられている。

船尾最後方には銀色に輝く大きめのラット（舵輪《だりん》）があって、すぐ後ろの操舵席に赤沢が腰を掛けた。

夏希と女子大生の麻由香が隣あわせに座った。

男子学生の三上《みかみ》と永原《ながはら》の二人はデッキとポンツーンに立って舫《もや》い綱を解《ほど》いたり、フェンダーという白い樹脂の緩衝材を引き揚げたりとまめまめしく出航準備を手伝っていた。

あたりにたくましいエンジンの音が響き渡った。

「ご苦労さん、この船は一人で出航や帰航ができるように設計されている。だけど、ドッキングはやっぱり大変でね。君たちのおかげで楽々だ」

操舵席から声を張り上げて赤沢は上機嫌で礼を言った。

エンジンの音が高くなって、船体はするっとポンツーンを離れた。

男子学生たちは夏希の向かいの座席に並んで座った。

「沖合に出るまでは機走で進み、防波堤の赤灯台を出たあたりから帆走に切り替える。そこではちょっと手伝ってもらう。港内は遊覧船状態だからのんびりしてくれ」

函館港は北防波堤、西防波堤、島防波堤で外海の波浪から守られている。その西副防波堤には赤灯台が設置されていて、ここを過ぎると港外に出る。

畳まれたセールはマストにシート（ロープ）で留めてあり、いざとなればすぐに張れる態勢になっていた。

フェリーが出航する北埠頭《きたふとう》が右舷《うげん》側に通り過ぎてゆく。

風はだいぶ冷たいが、全身に陽光を浴びているので寒さはまったく感じなかった。

「うーん、やっぱり気持ちいい」

夏希が大きくのびをしたので、艇内のみんなが笑った。

この時季のこととあって、函館湾に出ているヨットやプレジャーボートはほとんど見かけなかった。

予想通り真正面には北海道駒ヶ岳がその優美な山容を見せている。

頂上付近の降雪は陽光につるつるとした蒼氷《そうひょう》のように輝いていた。

七飯町の向こうにそびえる山だけに、朋花のことを思い出して胸がチクッとなった。

ヨットは軽快なエンジン音を立てながら沖へと進んでゆく。

西防波堤と島防波堤の二基の赤灯台を通り過ぎると、いよいよ函館港の外だ。

駒ヶ岳や七飯町の方向から吹く風を受けるために、赤沢は南へ転舵した。

「おーい、若い衆。セールを留めてあるシートを解いてくれぇ」

ゆったりとした姿勢でラットを握りながら、赤沢は指示した。

「アイサー！」

「アイアイサー！」

男子学生たちはアメリカ海軍の水兵気分で調子よく答えた。

セールはバラッと甲板側に下がり、風にバタバタと揺れている。

「よしっ、メインシートを引けっ」

赤沢の号令でセールが上げられた。

同時に赤沢はエンジンを切って帆走に切り替えた。

ちょうどよい追い風を受けたセールは気持ちよくふくらんで、ヨットは波の上をするすると進んでゆく。

エンジンの音が消えると、風を受けるセールと舷側が波を切る音だけが響いてくる。

自然と一体となって海を走るこの感覚は一度味わうとヤミツキになる。

夏希は自分を海と風の神に委《ゆだ》ねた気分で、全身が解放されてゆくのを感じていた。

赤沢や大学生たちはクーラーに入っていた缶ビールを開けて歓声を上げている。

夏希もコーラを飲み始めた。

ヨットは函館山を左回りにクルーズしていく。

海面からはかなり高いところに外国人墓地が通り過ぎ、次いで入舟町前浜《いりふねちようまえはま》海水浴場が過ぎてゆく。

しばらく進むと西岸の自動車道路が尽きる入舟町の端が見えてきた。

このあたりからは《ペンギンズバレー》という夕陽がきれいなカフェが望める。

「よーし、もう少し行ったところでアンカリングするぞ」

赤沢はそう言いながら、缶ビールを飲み干した。

自動車道路が尽きたあたりからは岩礁のなかを頼りない細道が続いているだけだ。

このあたりには建物もなく、クルマも入ってこないので陸からの視線を気にする必要もない。

かつては穴間《あなま》海岸海水浴場が存在し夏場は賑《にぎ》わっていた場所だが、現在は岩礁と草むら以外にはなにもない。

五〇年ほど前までは、この奥に寒川《さむかわ》という人が住む集落があったそうだが、信じられないほどだ。

帆を畳んで投錨《とうびょう》すると、船体は水平となってゆったりと揺れ始めた。

白い船体に陽の反射が作る不規則な美しい模様が揺らめいている。

「風次第だけどね、たいていはこのあたりにアンカリングしてのんびりビールを飲むんだよ。函館の秘境でのんびり過ごせるのはヨット乗りの特権だからね」

赤沢は得意げに言ってまたもビールを飲み干した。

ふたたび帆を上げて、南端の大鼻崎《おおはなさき》を眺めてからヨットは緑の島へと針路を向けた。

夕陽が赤く西空を染めるなか夏希たちは緑の島に帰ってきた。
たくさんのカモメが舞っていて、夏希が好きな夕方の海を思う存分楽しめた。
天気も風も最高で、とても楽しい一日だった。
朋花も来ればよかったのに……。
船を下りる夏希はこころのなかでつぶやいた。
この春休みのうちに無理しても朋花に会いにいこう。
高二なんだから、居留守は使わないだろう。
今度こそ長年の誤解を解いて、子どもの頃のように仲よくしていこう。
祖母から双子みたいと呼ばれていた二人なのだから……。
夏希は固くこころに誓った。
だが、その機会は永遠にやってこなかった。
それからいくらも経たない二八日金曜日のことだった。
夕暮れの赤松《あかまつ》街道で朋花はトラックにはねられて死んだのだ。
吹奏楽部の発表会を翌日に控えていて、近くの美容室に向かう途中の事故だった。
急な知らせを聞いて夏希は七飯町へと急いだ。
棺《ひつぎ》に納められた透き通るように白い朋花の顔には、ほとんどダメージがなかった。

眠るような死に顔は、草むらに撥《は》ね飛ばされたためだと誰かが言っていた。
しかし朋花は肺や心臓に大きなダメージを受けていて助からなかった。
「朋ちゃん、起きて、起きてよ。話したいことがあるんだよ」
夏希は朋花の肩を揺すって、父や母にたしなめられた。
棺の前でぬかずいて、夏希は号泣した。
とめどなく涙が溢《あふ》れ続けた。
背中が痛くなるほど夏希は泣いた。泣いた。泣いた。
祖母の時とは違って、死に顔を見た途端、深い悲しみが襲ってきたのだ。
最愛の従姉妹《いとこ》の誤解を解き、仲直りする機会を永遠に失った。
いままで朋花を訪ねなかった後悔が夏希の胸を引き裂いた。
夏希はしばらく憔悴《しょうすい》しきって食事ものどを通らなかった。
母が心配して市立函館病院に無理やり連れて行ったくらいだった。
朋花の死はその後の夏希の進路に大きく影響を与えた。
専門的に精神医学や心理学を学ぼうと夏希は決めた。
高三になった夏希は、医大を進学先に選んだのだった。

第一章　出戻り夏希、最初の事件

【1】

本日付で夏希は警察庁サイバー特捜隊から神奈川県警刑事部に異動となった。

とりあえずは心理分析官として科捜研のもとのセクションに戻るかたちでの帰任である。

「出戻りか。ま、本来の職務に帰ったわけだな」

山内《やまうち》科捜研所長は人事異動通知書を渡しながら、淡々と言った。

「五ヶ月か。そんなに経つとは思えんな」

中村《なかむら》心理科長も、当然のような顔で迎え入れた。

まるで長期出張から帰っただけかのように、出勤した夏希は以前に座っていた椅子に座った。

まわりに並ぶ多くの職員たちは驚きつつも歓迎してくれたが、大きな感情の動きはないようだった。

なつかしさでいっぱいの夏希だったが、考えてみれば科捜研の職員たちとは一緒に事件を解決したことはなかった。

むしろ、ここにいない、捜査本部で一緒になって苦労した仲間たちとの再会こそ待ち望んでいたものだった。

金曜日にサイバー特捜隊を去るときには、ちょっとした騒ぎになった。

横井《よこい》副隊長も山中《やまなか》も大間《おおぜ》も袖《そで》を引くばかりに夏希の異動を悲しんでくれた。

五島《ごとう》は一緒に神奈川県警に移りたいとまじめな顔をして言った。

麻美《あさみ》は泣きながら花束を手渡してくれた。

退出するときには、出口前に全隊員が並んで見送ってくれた。

あふれる涙を夏希は抑えることができなかった。

土日が明けて出勤した机の前でこれからの通常業務について考えていると、内線電話の着信音が鳴り響いた。

「ちょっと来てくれ」

中村科長の淡々とした声が響いた。

夏希はあわてて中村科長の席に足を運んだ。

「真田《さなだ》。小田原《おだわら》署に急行してくれ。いま下に本部のパトカーが来ているので同乗するように」

中村科長は表情を変えずに告げた。

「事件ですか」

身を乗り出すようにして夏希は訊《き》いた。

「ああ、小田原署管内で立てこもり事件が発生した。一一〇番への通報は三〇分ほど前だ。小田原署に指揮本部が設置される。刑事部長から真田の出動要請があった。事件の性質上、待ったなしだ」

中村科長はいくぶん声に力を込めた。

「了解しました」

夏希はきっぱり答えて頭を下げた。

まだ一〇時一五分だ。科捜研に登庁してから二時間も経っていないが、異動の感傷は中村科長の言葉でかき消された。

こうして指揮本部に呼び出されるのが、神奈川県警での自分の立場だ。気分はすっかり半年前に戻っていた。

科捜研の建物の外に出ると、前の道路にパトカーが停まっていた。

夏希が歩み寄ると運転席のドアが開き、ドライバー役の若い男性の制服警官が助手席のドアを開けてくれた。胸の階級章を見ると巡査だった。

ていねいに頭を下げて夏希はパトカーに乗り込んだ。

「おはようございます。科捜研の真田です」

ドライバーと車内の警官たちの双方に向かって夏希はあいさつした。

はっきりとした男女の声であいさつが返ってきた。

後部座席に乗っていた男性二人、女性一人の私服捜査員たちは夏希が乗り込むと次々に黙礼した。

「はじめまして、捜査一課強行七係の前野《まえの》と言います。真田さんのお話はいつも石田《いしだ》や小堀《こぼり》から聞いています」

パトカーが走り出すと夏希と同じくらいの年頃の男性警官がきまじめな感じで声をかけてきた。

「二人とも七係でしたね。わたし、今日付で県警の科捜研に戻りました」

明るい声で夏希は言った。

「そうなんですか。心強いです」

お世辞でもなさそうに前野は言った。

「ありがとうございます。古巣でも頑張りたいと思います」

夏希は声を弾ませた。

「よろしくお願いします。石田たちは別の事案で外に出ているので後から来ると思います。事案が長引かなければの話ですが……」

前野はにこやかに言った。

石田と沙羅《さら》の二人とまた仕事ができるとしたら嬉《うれ》しかった。

この前の事件でもいろいろと関わった二人だが、今度は県警仲間として一緒だ。

その後は前野もほかの警察官たちも黙っていた。立てこもり事件とあって誰もが緊張感を漂わせている。

夏希も同様だった。会話の弾む状況ではない。

スマホを手にしてニュースサイトを次々に閲覧したが、どのメディアでも立てこもり事件の発生を報じてはいなかった。

あるいは警察とマスコミ各社の間に報道協定が結ばれているのかもしれない。

ハイジャック事件や立てこもり事件などの発生時に、人質の生命身体を守るために日本の警察は、マスメディアに対して報道を自粛するように求める協定を結ぶことがある。

パトカーはサイレンを鳴らして緊急走行していったので、一時間足らずで小田原警察署に着いた。

小田原市、箱根《はこね》町《まち》、真鶴町《まなづるまち》、湯河原町《ゆがわらまち》と管轄区域も広く、県内では有数の大規模警察署である。

建物内には刑事部機動捜査隊と地域部自動車警ら隊の小田原分駐所、警備部の管区機動隊という三つの本部の組織も設けられていた。

県の小田原合同庁舎と小田原市役所に挟まれたところに建っていて、ちょっとした官庁街を形成している。

夏希はパトカーに同乗してきた捜査一課の警察官たちと六階の講堂へと上がっていった。

板張りの講堂に入ると、小田原署の私服・制服の警官たちが忙しげに立ち働いていた。

すでに椅子は並べられていたが、電話や無線機などの設置中だった。

さすがに指揮本部の準備は整ってはいなかった。

すでに起きた事件を捜査するのが捜査本部だとすれば、指揮本部は人質事件など現在進行中の事件を扱う。

捜査本部も迅速に設置することが要されるが、指揮本部はさらに急いで設置しなくてはならない。

「本部の皆さま、お疲れさまです。とりあえず前のほうの椅子に腰掛けてお待ちください」

いが栗頭に黒いスーツを着た小太りの私服捜査員が声を掛けてくれた。人のよさそうな三〇代後半くらいの男性だ。

すでに一〇名ほどの捜査員が着席している。

夏希は最前列の椅子に腰を掛けた。すぐ後ろに一緒にやってきた前野たちも座った。

正面に幹部席、左手には管理官席が設けられていた。

準備が整ったのか、たち働いていた警察官の半分くらいの者が退室し、残りの者は講堂後方の椅子に次々に座った。

五分もしないうちに廊下が少し騒がしくなって、捜査幹部と管理官たちが入室してきた。

織田《おだ》刑事部長を先頭に、福島《ふくしま》捜査一課長、佐竹《さたけ》管理官の姿が見える。制服姿の五〇代半ばの男性は小田原署の署長に違いない。

起立の号令に従って、座っていた全員が立ち上がった。

幹部たちはそれぞれの席に静かに着座した。

中央に位置しているのはライトグレーのスーツに身を包んだ織田だった。

隣に署長と福島一課長が、管理官席には佐竹管理官が座った。

講堂内の全員が着席すると、佐竹管理官が幹部たちの紹介をした。指揮本部長は織田刑事部長、制服姿の男性はやはり小田原署長で戸倉《とくら》警視正。署長が副本部長という位置づけだった。

以前、織田が警察庁の理事官として捜査本部に入ってくるときには、夏希にかるく黙礼などしてきた。

今朝はそうしたことはなかったが、夏希にはかえって心地よかった。

あらためて織田が刑事部長であり、ここにいる警察官たちのトップになったことを感じた。

幹部の紹介が終わると、織田が毅然《きぜん》とした表情で口を開いた。

「おはようございます。刑事部長の織田です。今朝、九時半過ぎに足柄下郡《あしがらしも》箱根町の

《芦《あし》ノ湖《こ》ホテル》で宿泊客二名と従業員二名を人質にとった立てこもり事件が発生しました。現在、四人の方が人質になっており、そのうちひとりは負傷しているとのことです。これ以上の人的被害を出すことだけは絶対に避けなければなりません。人質の生命身体を第一義に考え、一刻も早い事件解決のために捜査員一丸となって全力を尽くして頂きたい」

織田はよく通る声で短い本部長あいさつを終えた。いつもながらのソフトな声音だったが、刑事部のトップらしい威厳を感じさせる声だった。

夏希にとってはサイバー特捜隊のときから上司であるわけだが、それでもお互いの立場が大きく変わった。織田が少し遠くへ行ってしまったような淋《さび》しさをわずかに感じた。

続けて佐竹管理官が講堂全体を見渡してから説明を始めた。

「では、事件の概要はわたしから伝える。現場の《芦ノ湖ホテル》は芦ノ湖畔に建つ宿泊客数六〇名、従業員数三二名の小規模リゾートホテルだ。今朝、九時半過ぎにひとりの男が同ホテルのゼネラルマネージャー……つまり支配人だな。支配人の高山重《たかやましげ》史《ふみ》さん四七歳の腹部をナイフのような刃物で刺した。フロント近くということだ。その場にいた者のほとんどは館外に脱出した。第一報は脱出した調理スタッフの方からで、午前九時四一分に一一〇番通報があった。フロント係の向井麻菜《むかいまな》さん二五歳と宿泊客二名のあわせて四名が逃げ遅れて人質となっている。人質となっている宿泊客の二人については現時点では氏名がわかっていないが、ひとりは中高年、もうひとりは三〇代くらいのどちらも女性ということだ。現在、現場付近にある改装休業中の《オーベルジュ湖尻《こじり》》という小ホテルのロビーを借用して前線本部の設置準備中だ。設置に先んじて小田原署刑事課の強行犯係長を中心にした小田原署員が、脱出した従業員や宿泊客の一部から詳しい事情を聴いているところだ。やがて現場のようすや人質になっている人たちの詳しい状況も判明することと期待している」

佐竹管理官は全捜査員を見まわして言葉を継いだ。

「犯人は同ホテルの従業員で営繕スタッフの横地吉秋《よこちよしあき》、五三歳。二〇一五年に同ホテルが開業した当時から勤務している。横地は犯歴照会にはヒットしなかった。犯行の動機についてはいまのところはっきりしない。また、横地からの要求も一切ない」

前のスクリーンに五三歳という年齢よりはいくらか老けた感じの男の写真が映し出された。

口ひげとあごひげを蓄えた少し長めの髪の男だ。

営繕スタッフということで客の前には出ないので、ラフな恰好《かっこう》でも許されているのだろう。

頬がこけた貧相な顔立ちで瞳《ひとみ》の色が暗い。高めのかぎ鼻が特徴的だ。

そんなに暴力的な雰囲気は感ぜず、むしろ悲しい影を背負った容貌《ようぼう》に見えた。

「現在、SISの一班が指揮本部に急行している。現時点では横地に人質を解放して投降するように呼びかけることが第一義だ。同時に被疑者の横地に対する捜査と、《芦ノ湖ホテル》の従業員や経営者に関する捜査を進め、どうして横地が今回のような事件を起こしたのかを把握する必要がある。そこで、本指揮本部では横地に関する鑑取りを中心とした捜査を行う。一部の者は応援要員として前線本部に向かってもらう。班分けするので会議終了後、捜査員は後ろのほうに集まってほしい。以上だ」

佐竹管理官が言葉を終えると、織田が身を乗り出した。

「僕は前線本部に向かいたいのですが」

声音はやわらかいが、有無を言わせぬ雰囲気があった。

「しかし本部長は、ここで全捜査員を統括して頂かなければ……」

とまどいがちに佐竹管理官は答えた。

警察庁からアドバイザー的な立場で捜査本部に参加していたときとは違い、いまや織田は佐竹管理官の上司だ。

管理官が刑事部長に異論を唱えるのは警察組織のなかでは厳しい。

「ここは副本部長の戸倉署長と福島一課長、それから佐竹さんがいればじゅうぶんな陣容です。僕としては現場近くにいてＳＩＳのサポートに当たりたいです」

織田はきっぱりと言い切った。

「部長、わたしが前線本部に行くほうが適当なのではないでしょうか」

福島一課長がやわらかく制した。

「福島さん、ありがたいお言葉ですが、あなたのほうが捜査員をよく知っているし、にらみもききます。それに人質の救出については前線本部のほうが真っ先に機能できます。僕は人質救出に全力を尽くしたいのです」

織田は言葉に力を込めた。

「そこまでおっしゃるのなら……」

福島一課長は矛を収めた。

もともと刑事部長は捜査本部には顔を出すだけの場合が多い。それほど多忙な立場なのだ。

実は刑事部長がいなくても捜査本部や指揮本部はまわってゆく。

「では、署長と協力してお二人で指揮本部を統括してください」

しっかりとした口調で織田は言った。

「了解しました……わたしからも提案があります」

福島一課長はうなずいてから口を開いた。

「なんでしょう」

織田はかるく首を傾げた。

「真田分析官をお連れください」

口もとにかすかな笑みを浮かべて福島一課長は夏希の顔を見た。

いきなり指名されて夏希はいささか驚いた。

「そうですね、真田さんにはぜひ、前線本部に詰めて頂きたいです。よろしいですか」

織田は表情を変えずに訊《き》いてきた。

「はい。もちろん参ります」

夏希ははっきりと答えた。もとよりそのつもりだった。

自分がこのまま指揮本部にいても、たいしたことはできまい。

捜査員たちが班分けのために集まっている間に、佐竹管理官が捜査一課員から六名を選び出して前線本部に行くように命じた。

行きのパトカーで一緒になった前野たちも含まれていた。

夏希たちはほかの捜査員より一足早くエレベーターに乗って一階に下りた。

二台のパトカーと黒塗りの公用車がアイドリング状態で待っていた。

「公用車は緊急走行できる装備がないので、僕はパトカーで行きます。帰りはどうにかしますからいったん本部に戻ってください」

駐車場で織田は公用車の運転手にそれだけ言って、一台目のパトカーの助手席に真っ先に乗り込んだ。前野たちが次々に乗り込んで夏希が乗り込む席はなくなった。

仕方なく夏希は二台目のパトカーの助手席に乗った。

【2】

夏希たちは二台のパトカーに分乗して前線本部に急いだ。

宮《みや》ノ下《した》で国道一号と分かれ箱根裏街道とも呼ばれる国道一三八号で箱根の坂を上ってゆき、仙石原《せんごくはら》で県道七五号へと入った。

まわりの木々はわずかに色づいてはいるが、紅葉にはまだまだ遠かった。

七五号で芦ノ湖東岸の湖畔まで下ると、ヘアピン状のカーブの先が広い駐車場となっている。ここは芦ノ湖遊覧船の湖尻南ターミナルで、元箱根に向けて遊覧船が発着する湖尻南港でもあった。木造の三角屋根を持つターミナルビルが駐車場の向こう側に見えている。

駐車場内には箱型バンやパトカーなどの警察車両が何台か停まっていた。待機している救急車の姿も見えた。

その奥には湖に沿った細い舗装路があった。

道が広場から分かれるあたりには現場の《芦ノ湖ホテル》と、前線本部になっている《オーベルジュ湖尻》のそれぞれ趣向を凝らした看板が立っている。

入口には赤い交通指揮棒を手にした二人の制服警官が立っていた。

この奥への通行を規制しているわけだが、もちろんパトカーはすんなり通してくれた。

「この先、八〇メートルほどの茶色い建物が前線本部です」

警官のうちのひとりは交通指揮棒で指し示して案内の言葉を口にした。

樹林帯のなかにある湖畔の細い道を辿《たど》ると右手には湖面が銀色に反射するのが望めた。

すぐに木造二階建ての小さな建物が見えてきた。

二〇台ほどの駐車場には、ともに紺色で塗られたSISの指揮車と機材運搬車が駐《と》まっていた。

指揮車はルーフ上にアルミの大きなラックと数本のアンテナを備えたマイクロバスだ。機材運搬車は突入の際に使う梯子《はしご》や照明器具、ファイバースコープなどさまざまな機材を積載した中型のパネルトラックである。

小川《おがわ》の鑑識バンも探したが見あたらなかった。

アリシアは呼ばれていないようだ。

臨場しているのは島津《しまづ》冴美《さえみ》の班だろうか。

冴美ならタッグを組みやすい。

最初は意見の相違もあった夏希と冴美だが、何度も現場を共にして事件を解決していったなかで信頼を深めていった。

冴美と夏希がともに犯人の横地と対話する可能性はある。

パトカー二台が乗り入れると、立哨《りっしょう》していた制服警官が駆け寄ってきた。

「お疲れさまです。本部の方々ですね。小田原署地域課の者です。ご案内します」

巡査長の階級章をつけた五〇歳くらいの制服警官は丁重な調子であいさつした。

巡査長と夏希たちは前線本部の建物に向かって歩みを進めた。

駐車場からすぐにコンクリートの階段があって、その上の七メートルほど高い位置に《オーベルジュ湖尻》は建てられている。

改装中という話だったが、建物に足場などは組まれていなかった。

湖と反対の東側に木製の扉が設けられていた。

巡査長はドアをゆっくりと開けてかたわらに立って室内に右手を差し伸べた。

夏希や織田たちは玄関でスリッパに履き替え、フローリングの床に足を踏み入れた。

「こちらです」

(きれい……)

自分の状況を一瞬忘れて夏希は景色に見とれた。

西側はひろく窓がとってあって深緑色の湖面が広がっている。

いまは風がないのか湖面は鏡のように静まっていて青空を映している。

二〇畳ほどの板張りの洋間は食堂のようだ。洒落《しゃれ》たチョコレート色の木製椅子とテーブルが六セットほど並べられている。すべてが二人用になっているので、カップル中心の宿なのだろう。

ほぼ中央に二セットのテーブルを寄せ合わせて、そこにSISの活動服を着て黒いキャップをかぶってヘッドセットを掛けた女性一名、男性二名の隊員が座っていた。

テーブルにはアルミのアタッシュケースに入った機材やノートPCが置かれていて、

何本かのコードが床を這《は》っている。

さっと立ち上がった三人は、夏希たちのほうを向いて挙手の礼を送った。

「織田部長……」

冴美は絶句した。

女性は引き締まった身体つきの冴美だった。夏希は冴美を見ると、ピューマとかジャガーとかチーターとか、そんなネコ科の猛獣を連想する凜々《りり》しさをいつも感ずる。鼻筋が通った卵形の小顔に光る切れ長の両目は彼女の意志の強さを示しているように思える。

小柄な男性は夏希も見知っている川藤《かわふじ》という隊員だった。

もう一人の若くて背の高い隊員は杉原《すぎはら》という名前だったはずだ。

「島津さん、久しぶりです。僕は神奈川県警に異動になりました。これからは同じ刑事部で働きます。どうぞよろしく」

やわらかい口調で織田はかるく頭を下げた。

冴美は目をぱちくりと瞬いた。

まさか刑事部長から、こんなていねいなあいさつを受けるとは思っていなかったのだろう。

だが、冴美はすぐにきりっとした顔つきに変わった。

「刑事部長へのご栄転おめでとうございます。黒田《くろだ》部長も素晴らしい方でしたが、我々刑事部の新しいトップが織田部長と知って大変に嬉《うれ》しく思っております。こちらこそどうぞよろしくお願いします」

張りのある声で言って、冴美は深く頭を下げた。

織田が適当な椅子に腰掛けたので、夏希も少し後ろのテーブル席に着いた。

前野らほかの捜査員たちもバラバラと椅子に座った。

「川藤、電話掛け直して」

冴美がぱっと指示を出すと、川藤は身体の向きを変えて着座してPCを操作した。

「ところで、現状を説明して下さい」

立ったままの冴美に織田はゆったりとした声を出した。

どんな緊迫した場面でも織田は感情的にならない。

夏希はこの点でも織田を尊敬していた。

「この施設は現在休業中でお借りしました。ここから現場の《芦ノ湖ホテル》は樹林に阻まれて目視できません。また、目視できたとしても室内が見えるような窓はこちら側にはありません。本当は現場が目視できる建物がよかったのですが、そのような施設は存在しません。対岸は一キロ以上離れていて建物もありません。湖尻南港の桟橋の突端が建物の見える唯一の場所ですが、内部が確認できるわけではありません。この施設と現場は約五〇メートルの距離なので、もっとも近い建物になります。ここと現場はほぼ水平の通路で結ばれていますが、車両の通れる幅はありません。下の駐車場は二軒の宿の共用となっているんですね。わたしと川藤、杉原を除く六名は、非常事態に備えて現場付近に待機させております。青木《あおき》副隊長が直接指揮を執って建物を目視していますが、カーテンのために室内は見えない状況です」

ハキハキとした声で冴美は答えた。

「なるほど、前線本部の設置場所としてはふさわしいと思います」

織田は鷹揚《おうよう》な調子で言った。

「我々特殊が現着したのは一一時三五分ですが、準備が整った約一〇分後から《芦ノ湖ホテル》の代表番号に電話を掛け続けております。しかしながら、電話にはまったく応答がありません。また、被疑者の横地と人質になっているフロント係の向井さんのスマホにも電話していますが、圏外か電源が入っていない旨のアナウンスが返ってくるだけです。スマホの電源は切られていると思量します」

淡々と冴美は言葉を続けた。

「警察に対して犯人の横地からは一切の要求は出ていません。電話にも出ないのですね」

織田は念を押した。

「はい、あるいは固定電話の着信音は切られているのかもしれません」

冴美の表情が曇った。

「犯人の心理状態をどのように考えますか」

静かな声で織田は訊《き》いた。

「あまりいい状況とは思われません。立てこもり犯は最初は無視していてもいつかは電話に出るものです。内心では救いを求めているのが通常だからです。すでに三〇分近く経過していますが、電話に出ないのは犯人が絶望している可能性を否定できません。こうした場合、心理的に追い詰められて突発的に凶暴な態度を示すこともあり、人質や犯人の身が案じられます」

厳しい顔つきで冴美は答えた。

「それは他傷や自傷の危険があるということですね」

眉間《みけん》にしわを寄せて織田は訊いた。

「残念ながら……」

声を落として冴美はうなずいた。

夏希も同じ不安を抱いていた。

「とにかく電話に出てほしいです。ところで、小田原署員が脱出した方々に事情聴取をしているそうですね」

織田は気を取り直すように訊いた。

「脱出した従業員の方が八名、宿泊客の方が五名います。この方たちは湖尻南ターミナルに残って頂いています。現在、小田原署の梶谷《かじや》強行犯係長が中心となって事情聴取を行っています。脱出した皆さんは精神的な動揺が激しかったので、その状態で聴取を行うと誤った情報を得てしまうおそれがありました。感情的になっている状態では事実を歪《ゆが》めた形で伝えてしまうことも少なくありません。そこで、飲み物などを提供して落ち着くのを待って聴取を開始しました。本格的な聴取は始まったばかりだと思います。そろそろ現場建物内の詳しい事情がわかると思います。なにかわかったら、こちらと指揮本部に随時連絡が入るはずです」

明確な発声で冴美が説明すると、織田は大きくうなずいた。

「部長、発言してよろしいでしょうか」

前野が立ち上がって訊いた。

「なんでしょう?」

織田は振り返って前野の顔を見た。

「わたしたち捜査一課の者は、湖尻南ターミナルで事情聴取に加わりたいと思いますが……」

遠慮深い調子で前野は訊いた。

捜査一課には優秀な刑事が集まっている。小田原署がどんな陣容を組んでいるのかははっきりしないが、前野たちのほうが事情聴取は手慣れているはずだ。

「島津さんは、どう思われますか?」

織田は慎重な態度をとった。

「ここは特殊の者だけで大丈夫だと思います。現場とは五〇メートルしか離れていません。一名を残して五名の隊員はすぐに呼び戻せます。それに真田さんも来て下さいましたから心強いです」

冴美は夏希の顔を見て微笑んだ。

「島津さんとまた一緒に働けて嬉しいです」

夏希は冴美に向かって明るい声を出した。

「わたしもです」

冴美はにこっと笑った。

「では、捜査一課の捜査員は湖尻南ターミナルに急いでください。事情聴取する皆さんに今回の事件のことはご家族に説明する以外は絶対に他言にしないように約束してもらうのです。外部に漏れると人質が危険にさらされる可能性が高いことを強調してください」

厳しい声音で織田は言った。

織田の言葉に前野たちは真剣な表情でうなずいた。

「なにかわかったら島津さんに連絡でいいでしょうか」

「もちろんです」

冴美はポケットからスマホを取り出した。

「こちらに電話ください」

「連絡先をコピーさせて頂きます」

前野は画面を見ながら、自分のスマホを近づけてNFC機能で冴美の番号を読み取った。

「では、捜一は小田原署の事情聴取に合流します」

きちんと身体を折って礼をして、前野たちは退出していった。

「島津さんのテーブルのまわりに集合しましょう」

織田のひと声で前線本部にいる全員が冴美のテーブルのまわりに集まった。

「さて、我々にはどんな手が打てるでしょうか」

思案深げに織田は言った。

「立てこもり犯については詳しくないのですが……わたしが対話してきた犯人は営利犯や組織的な背景を持つ者以外は、必ずと言っていいほどこちらに訴えたいものを持っていました。それは犯人の生の苦しみの感情であったり、救いを求める声だったりしました。だから、呼びかけに応じてきたのです。ところが、今回の犯人、横地はこちらからの呼びかけそのものを拒否しています」

夏希の言葉に冴美は深刻な表情でうなずいた。

「今回は事件発生の経緯から見て営利犯とは考えられません。組織的な背景を持つことも考えにくいです。なぜ、電話にも出ないのか。いまのところその理由がわかりかねています」

冴美はちいさく首を横に振った。

「メールを使う手はどうでしょう」

自分が呼びかけてみようという気持ちで夏希は提案してみた。

「それが……。現場の《芦ノ湖ホテル》のアドレスは削除されたようなのです……何回メールを送っても“Mail Delivery Subsystem　User unknown”と戻ってきます。これはアドレスが存在しないというサーバーからの警告メールです。ホテル運営会社の《日本リゾートサービス》の大阪本社に確認したところ、呼びかけたアドレスはこのホテルのものに間違いなく　昨夜まで送受信できていたとのことです。犯人の横地がメールを受けたくなくてアドレスを削除したと考えるのが妥当だと思います」

淡々と、だが、少し悔しそうな声で冴美は説明した。

「となると、横地はテキストによる呼びかけも拒否していると考えるしかないですね」

落胆して夏希は答えた。

「仰せの通りです。音声通話が苦手な人間のなかにもテキストのやりとりなら苦にならない人もいるのですが、横地はテキストでのコミュニケーションも避けているようです」

冴美は冴《さ》えない声で言った。

「わたしの仕事が限られてきちゃいますね」

夏希はほっと息をついた。

「真田さんはテキストによる対話では素晴らしい実績を残されているのに……」

冴美の表情はまじめそのものだった。本気でそう思っているようだ。

夏希は照れて頰が熱くなった。

「島津さんこそ音声通話のプロですからね」

これは間違いがない。

お互いにエールを送り合ったが……。

「そのための訓練はしていますけど、役に立ちません」

眉《まゆ》を八の字にして冴美は嘆いた。

「どちらも特技が活《い》かせないというわけですね」

夏希は肩を落とした。

「いまの状況では、そう考えざるを得ないようです」

低い声で冴美は言った。

その場には重苦しい雰囲気が漂った。

冴美のスマホが振動した。

相手は前野だろうか。しばらく一方的に話している。

「それで、人質の状況はどうなんですか？」

問いかける冴美に相手はまた長々と話している。

「わかりました。報告します」

電話を切った冴美の表情は硬かった。

「前野さんからの連絡です。脱出した従業員のひとりである小峰《こみね》さんという調理スタッフの女性から事件発生時の情報を得ることができました」

冴美は立ち上がり、全員に向かってゆっくりと口を開いた。

続けて冴美はノートＰＣを操作して一枚の図面を表示した。

「現場はＲＣ三階建ての建物ですが、これは一階の平面図です。一階はロビーやレストラン、大浴場などで占められていて客室は二階と三階にあります。画面上が西で湖側、下が東で道路側です。東側まん中あたりにあるエントランスからガラスの自動ドアを入ったところがロビーです。ロビーには正面エントランス以外には出入口がなく、南側のレストランとの間には扉があり、ロビー北側にフロントのカウンターがありますす。フロントの横には客室に上がる階段とエレベーターがありますが、この間には防火扉が設置されています。この北と南の扉が施錠されていれば、進入路は東側のエントランスしかないことになります」

冴美は平面図を指さしながら説明を続けた。

「ちょっと現場写真を見て頂きます」

画面が切り替わって一枚のカラー写真となった。

白く塗装された壁の建物で、写っているのは一階部分だった。

中央にちょっとした庇《ひさし》があり、自動ドアらしきガラス扉が設けられていた。

左右には腰高窓が点在している。眺望を重視しているとは思えない。東側は森林しか見えないからだろう。

すべての窓はベージュ系のカーテンで覆われていて、少なくともこの写真では内部は見えない。

「現場建物はコンクリートの基礎に支えられて西側三分の一ほどは湖に突き出すように建てられています。ふつうに歩いて近づける東側にはこのように腰高窓が並んでいますが、視界はカーテンで塞《ふさ》がれています。実際に現場にいる隊員も内部のようすは見えていないそうです。図面によれば、入口を入るとロビーで右側にフロント、左側がレストランと思われますが、いずれも現時点では確認できておりません」

冴美の声は明るいものではなかった。

「なるほど」

織田は画面を見つめながらうなずいた。

ＰＣの画面は平面図に戻った。

「事件発生時、被害者《マルヒ》の高山重史さんと向井麻菜さんはカウンターでチェックアウトの業務に就いていました。九時半頃にはほとんどの宿泊客がチェックアウトをすませて帰宅の途についていました。また、勤務終了で退出していた従業員が多く館内には数名の人間しかいなかった模様です。事件は閑散としたロビーで発生しました。それでもロビー内には宿泊客が数名はいたとのことです」

冴美は図面のカウンターの対面を指さした。

「ロビーより少し広いこの左手の部屋がレストランです。小峰さんはこの時間帯はひとりでレストランのテーブルにカトラリーやグラスなどをセットする業務に就いていました。ロビー側の扉は閉鎖されて、レストラン内にはほかに誰もいませんでした。すると南側の奥にある倉庫のほうから犯人の横地がふらりと現れてロビー方向に向かいました。横地は営繕業務を担当していたので、浴室の清掃を始めているはずなのになんの用だろうと思ったとのことです。ロビーとの間を仕切る扉を開けっぱなしにして横地が出ていったので、小峰さんはドアを閉めようと横地の後を追いました。すると、横地はカウンターに歩み寄って、『マネージャー、ちょっと話があるんだけど』と声を掛けて親指を後ろのレストラン方向に立てたそうです。レストランに来てくれという横地の意思表示だという風に小峰さんには見えたということですが、高山さんも同じように解釈したようでカウンターから出てきたそうです。するといきなり横地が『許せねぇ』と叫び声を上げて隠し持っていたナイフで高山さんの右脇腹を刺したのです。刺された高山さんは『ギャッ』と叫んでカーペットに倒れ、あたりには相当の血が飛び散りました。高山さんは『痛い、痛い』と悲鳴を上げ続けていました。ロビーには『助けて』『逃げろ』などの声が響き渡って騒然となりました。ロビーにいた数名の宿泊客がエントランスから逃げ出し、小峰さんも怖くなってあわてて逃げたそうです。最後に振り返ると、横地がフロント係の向井さんの首に手を回して首のあたりにナイフを突きつけている姿が見えたそうです。小峰さんからの聴取結果は以上です」

冴美は話し終えると厳しい顔つきでかるく頭を下げた。

「なるほど、事件発生時の状況はよくわかりました。現在はどのような状況なんでしょうかね」

織田は気難しげに眉を寄せた。

「事件発生から二時間半以上、経過しています。いちばん心配なのは刺された高山マネージャーの容体です。受傷時は意識はあったようですが、時間の経過とともに危険な状態に推移して行くこともあり得ます。一刻も早く救出すべきと考えます」

医師資格を持つ夏希の当然の意見であった。

夏希は、高山の内臓に損傷があるかどうかと出血状況を恐れていた。

「たしかに真田さんの言う通りです。せめて高山さんだけでも解放させたいです」

織田は大きくうなずいた。

「高山さんひとりだけでも解放してほしいと訴えたいのですが……呼びかける方法がありません」

夏希は強い口調で訴えた。

「難しいと思います」

冴美は冷静な表情で言った。

その場にいる全員が冴美を注視する気配を感じた。

「いまの小峰さんの話を聞いてもう一度考えました。あくまで推察に過ぎませんが、横地にはもともと人質を取って立てこもる意図はなかったと思量します。なにかの理由で高山さんを刺してしまった。怨恨《えんこん》などの感情的な理由だと思います。それで興奮と混乱のなかで向井さんたちを人質に取った。激情型の犯行だと思います。それゆえ横地はなんのメッセージも発していないのです。誰かになにかを要求するつもりがないからです」

「島津さんの考えは正しいと思います。向井さんや二人の宿泊客は巻き添えを食っただけなのですね」

夏希は肩を落とした。

「そう思います。高山さんのほかの三人の人質の方は、横地の恨みの対象ではないでしょう。フロント係の向井さんについては断定できませんが」

「電話に出ないことや、メールアドレスを削除して我々の呼びかけを拒否していることが不思議ですね」

浮かない顔で冴美は答えた。

夏希は素直な疑問を口にした。

「たしかに疑問点はそこなのです。通常、このようなケースでは犯人は敵対的な態度をとっていても、こころの底では救いを求めているものです。どうにか自分が助かる方法はないかと考えているのです。その点でこちらからの呼びかけを遮断している態度とは相容《あいい》れないです」

冴美は首をひねった。

そのとき織田のスマホが振動した。

「あ、どうも。なにかあったの?」

気楽な声で織田は答えた。電話の相手は前野ではないようだ。

しばらく相手が喋《しゃべ》っていて、織田は相づちを打ちながら聞いていた。

「わかりました。情報提供ありがとう」

明るい声とは裏腹に織田は渋い顔で電話を切った。

「長官官房からです。僕の後輩の課長補佐からの情報提供です。本件は警察庁長官官房でも大きく問題視しています。実はSNSを通じて本件のことが外部に漏出したようなのです」

渋い顔つきのままで織田は言った。

「でも、事件当時、現場にいた宿泊客や従業員の皆さんはまだ湖尻南ターミナルにいるんですよね。しかも前野さんたちが口止めしているんじゃないんですか」

夏希の問いに織田は首を横に振った。

「その方たちからの情報漏出ではありません。湖尻南ターミナルに多くの警察車両等が駐《と》まっていることを不自然に感じた観光客等がSNSに次々に投稿しているそうです。SNSを発端に野次馬が増えるおそれがあります。犯人を刺激しないためには取材ヘリは飛ばさないように報道協定は結んでいますが、事件が表に出たら協定はそれまでです。いっせいに報道合戦が始まるでしょう。小田原署の指揮本部に連絡をとって戸倉署長から湖尻南ターミナル付近の警戒態勢を強化してもらうことにします」

織田は苦り切った顔つきだった。

「いちばん困るのは湖上から現場付近に舟艇で近づかれることですね、たとえば動画配信者などが貸ボートなどで漕《こ》ぎ寄せたらどんな事態になるか……」

冴美は言葉を呑《の》み込んだ。

「県から管理用ボートを借用して湖上の警戒態勢も組んでもらいます」

織田は立ち上がると、部屋の隅に行って電話を掛け始めた。

しばらくして帰ってきた織田は意を決したように冴美の顔を見て、口を開いた。

「島津さん、突入ということは考えられないでしょうか」

「突入は最後の手段です。横地が感情的になっているとすれば、非常に危険だと思量します。横地がどんな人間なのか、どのような心理状態なのかがまったく把握できていません。さらに、内部のようすや人質の状態を把握しないでの突入は困難を極めます。事件発生から三時間を経過していません。さらに陽も高く、犯人からこちら側の動きを悟られるおそれも強いです。わたしの個人的見解としては現時点での突入には賛成できません」

冴美は厳しい顔で言い切った。

「やはり難しいですか」

織田の問いに、冴美は静かにうなずいた。

過去に何度か、夏希は冴美の指揮で第四班が突入する現場に立ち会ったことがある。むしろ突入を積極的に進めた冴美の姿をそばで見ている。

現在の状況で突入は困難だという冴美の判断は尊重すべきだろう。

「横地については小田原署の指揮本部で周辺関係などを捜査中だと思いますが、いまのところなにひとつ把握できていないようです。運営会社の《日本リゾートサービス》からは青森県出身で県立高校卒業後に郷里で大工として工務店に勤務したことと、その後は東北《とうほく》地方各地で運送業などを続けたこと、七年前に《芦ノ湖ホテル》に採用されたことくらいしか情報が得られていません」

織田は気弱な声で言った。

大工の経験があったから営繕スタッフに雇われたのだろうか。いずれにしても特筆すべき内容はない。横地がどんな人間なのかはまるでわからない。

「せめて建物内や人質の状況だけでも把握できればよいのですが……」

冴美は眉根《まゆね》を寄せた。

「方法はないのですか」

織田は畳みかけるように訊《き》いた。

一瞬、冴美は迷ったような顔つきになった。

「ファイバースコープを建物内に挿入してモニターで見る方法はあります。ただ、犯人や人質がどこにいるかを把握してから試みるべきですね。そのためには集音マイクを壁に当てて内部の音を聴くという方法をとることが可能です。コンクリートマイクとも俗称される壁の向こうの音を集める特殊マイクです」

口を開いた冴美の声ははっきりと響いた。

「ぜひ、試みてください」

強い声音で織田は指示した。

「ただ、犯人がこちらの動きに気づくおそれがあります。昼間で明るい上に周囲には隊員たちを隠す場所も少ないですから……」

冴美は迷いを隠さなかった。

夏希としては織田と冴美の両方の気持ちが理解できた。

と言うより、夏希自身はどちらが正しいのか判断できなかった。

「しかし、なんとか内部のようすだけでも把握したいものです」

織田は熱っぽい口調で言った。

「わかりました。集音マイクとファイバースコープによる内部の観察を試みたいと思います」

きっぱりと冴美は言った。

「お願いします」

織田は力の入った声で言った。

冴美はうなずいてヘッドセットを操作した。

「青木《あおき》、聞こえる？」

「はい隊長。メリット4で入感しています」

聞き覚えのある青木副隊長の通りのよい声が返ってきた。

「集音マイクとファイバースコープを用意して」

平らかな声音で冴美は命じた。

「観察やりますか」

弾んだ声で青木は答えた。

「やりましょう」

冴美は力強く答えた。

「手持ち無沙汰《ぶさた》だったんですよ。動きはまったくないですから」

どこか楽しそうな青木の声だった。

「機材はそっちに行ってるね？」

「もちろんです。ぜんぶ揃ってますよ」

自信ありげに青木は答えた。

「わたしは指揮車に移る。また連絡する」

短く冴美は言った。

「了解っ」

青木の明るい声で無線は切れた。

「僕も指揮車に行きます」

織田が身を乗り出した。

「わたしも行きたいです」

夏希も少しでも現場の状況を知りたかった。また、川藤たちとここに残ってもなにかの役に立つとも思えなかった。

「では、行きましょう。杉原、一緒に来なさい。川藤、ここはお願い。横地が電話に出るようなことがあったら、すぐに連絡しなさい」

冴美は毅然《きぜん》とした声で命じた。

「お供します」

「了解しました」

二人の隊員の元気な声が返ってきた。

冴美が先に立って前線本部を出た。

【3】

階段を下りたところに駐《と》まっている指揮車に杉原が駆け寄った。

アイドリングの音が響いているのは設備に電気を供給するダイナモを動かしているためだろう。

左側のドアを杉原が解錠してくれて、夏希たちは誰もいない指揮車の内部に入った。

車内は天井から降り注ぐ白いLED照明に光っていた。すべての窓にはスモークフィルムが張り巡らされているが、外部から見えにくくするために照度は低い。

その代わりに小さな作業灯がいくつも壁から突き出ていた。

右側の窓際にはたくさんの無線機が備え付けられている。電源が入ってパイロットランプなどには灯《あか》りが点《とも》っているし、雑音電波の音も聞こえる。

いくつか並ぶモニターにも電源は入っているが、なにも映ってはいなかった。セットされている数台のノートPCも同じ状態だった。

後方の向かい合わせのベンチには、当然ながら誰の姿もなくガランとしていた。

「そちらにお掛けください」

左側中央に二つ設けられたキャプテンチェアを冴美は掌《てのひら》で指し示した。

夏希と織田は指示に従って腰を掛けた。

冴美と杉原はモニターの前の椅子に並んで座った。

「青木、わたしと杉原は指揮車で配置に着いた。集音マイクの用意はいい？」

ヘッドセットにちょっと手を掛けて冴美は通信した。

「準備完了です」

自信たっぷりの青木の答えが返ってきた。

「集音マイクの設置場所を決めるから、現場建物正面の絵をちょうだい。出入口とロビー付近を中心に撮ってくれる」

きりっとした声で冴美は指示した。

「了解。現場建物正面の映像を送ります」

青木が答えてしばらくすると、杉原の前のモニターに三階建ての白く塗られた《芦ノ湖ホテル》の正面画像が映し出された。ふつうのムービーカメラのような映像だ。

さっき見た現場写真とあまり変わらない。

「ロビーと思われる部分のいちばん右端の壁にマイク当てましょうか。なにも感知できなければほかの場所を探す。誰か一名が右手の林から回り込んで設置する。一緒にファイバースコープも運ぶ。誰がいいかな？」

やわらかい口調で冴美は訊《き》いた。

「小出《こいで》が適当と思います」

青木は迷いなく答えた。

夏希の記憶では小出隊員は射撃の名手だったはずだ。

「じゃあ、小出にまかせましょう。くれぐれも犯人に見つからないように」

冴美は厳しい口調に戻って念を押した。

「匍匐《ほふく》前進させますか」

「いえ、スピードを重視しましょう。低い姿勢で走るのがいいと思う」

「そうですね……小出、おまえの出番だ」

青木は声を弾ませた。

「はい、俺が走ります」

小出の声が元気よく聞こえた。

「よしっ、小出、走れっ」

「了解っ」

力強い小出の声が響いた。

だが、目の前の動画には小出の姿は映っておらず、なんの変化も見られなかった。

この動画は安全な位置から望遠レンズで撮っているのだろう。

しばらく夏希は画面を食い入るように眺めていた。

やがて画面右端に黒くて丸い機器が見えた。下端に棒状のものがつけられている。

これが集音マイクなのだろう。

右側から黒いグローブを嵌《は》めた手が現れて、集音マイクを支えている。

「小出より隊長。集音マイク設置完了」

「島津より小出。いい場所ね。そのままマイクを支えて」

「了解。指示あるまで離しやしません」

小出は明るい声で応《こた》えた。

冴美はかるくうなずくとモニターの近くに置いてあったヘッドホンを取り上げた。

ヘッドセットをかけたままで、冴美は右耳にイヤーカップの片側を当てた。

まるでクラブのＤＪのような恰好《かっこう》だ。

「杉原、もう少しボリューム上げて」

「少しずつ上げていきます」

静かな声で杉原は答えて、目の前のＰＣを操作した。

冴美は目をつむってヘッドホンからの音声に聞き入った。

「ＯＫ。それくらいでいい……低い男の声が聞こえる。意外と落ち着いた調子だね。負傷している高山さんという可能性もゼロじゃないけど。犯人の声に違いない。女性の声が時々答えている。……マイクの位置にきわめて近いロビーの右手、つまりフロントカウンターの周辺にいる」

目を開いた冴美はいくらか明るい表情で言った。

「位置がわかりましたか」

織田がつぶやくように言った。

冴美は織田に向かってうなずくと、掛けていたヘッドホンを外して杉原に渡した。

「杉原も聞いてみて」

ちょっとの間、杉原も真剣な表情でヘッドホンに耳を傾けていた。

「隊長のおっしゃる通りですね。フロントの周辺でしょう」

ヘッドホンを冴美に返しながら、杉原は自信たっぷりに答えた。

「会話の中身は聞こえませんでしたか」

夏希は期待を込めて訊いた。

「残念だけど会話の内容までは聞き取れませんでした」

冴美は首を振って答えた。

「小出、とりあえず集音マイクで犯人の位置は推定できた。フロントカウンター周辺と思われる。マイクは下げてもかまわない」

無線で冴美は小出に呼びかけた。

「よかったです。お次はファイバースコープですね」

小出の声は弾んだ。

「ええ、とりあえずファイバー入れる場所を探しましょう。青木、建物を見て」

呼びかけに元気な声が返ってきた。

「はい、見てます」

冴美はモニターに映った建物にじっと見入っている。

いつの間にか集音マイクは姿を消していた。

「あ、あそこに給気ガラリがあるじゃない」

画面のいちばん下方を冴美は指さした。

そこの壁には住宅などで見かける丸い換気口が見える。

アルミパーツには横向きのスリットがあって、雨が入りにくいように数段のフィンがつけられている。

「本当だ。いい場所ですね」

青木の声は明るかった。

「給気ガラリってなんですか？」

夏希は思わず質問した。

「建物の換気のための給気口の屋外側のパーツです。換気扇の多くが室内の空気を排出するために設けられているのに対して、給気ガラリのところの給気口は屋外の空気を取り込むための設備です。通常は吸気ファンなどはなく二四時間空気を採り入れています」

冴美の説明はわかりやすかった。要するに換気扇の逆の機能を果たしているのだ。

「島津から小出へ。さっき集音マイクを当てたあたりの真下から左へ五〇センチくらいの場所に給気ガラリがあるのが見える？」

冴美は無線で小出に語りかけた。

「こりゃちょうどいいですね」

嬉《うれ》しそうな小出の声だった。

ほかの者とは違い、小出はモニターを通してではなく直接実景を見ている。

「小出、給気ガラリからファイバーを挿入しなさい」

力強く冴美は言った。

「了解。至近の給気ガラリからファイバースコープを挿入します」

小出はハキハキと答えた。

「少しずつ慎重にお願い」

冴美は慎重な態度をとった。

「まかせてください。入れますよ」

頼もしい声で小出は答えた。

「さぁ、モニターで見てみましょう」

冴美の言葉に従って、夏希と織田はモニターを覗《のぞ》き込んだ。

建物を映しているものとは別のモニターにトンネルの内部のような映像が映っている。

スコープがしばらく進むと、画面がいきなり明るくなった。

つやつやと光る板張り天井が見える。等間隔にダウンライトが整然と並んでいる。かつて見た緑色の景色ではなく、ナチュラルな色合いなのでずっと見やすい。ある程度の明るさがあるので赤外線映像を使っていないのだろう、フォーカスがぼやけ、ふたたびピントが合った。

ぱっと一度アングルが引いた次の瞬間。

フロントカウンターの周辺が見えた。

カウンターの左横に、紺色のジャケットに同色のパンツ姿の男が仰向《あおむ》けに転がっていた。

ジャケットの下の白シャツに血が滲《にじ》んでいる。

「高山さんだ……少しアップして」

冴美が低い声で指示した。

指示に従って小出が映像をアップした。

高山の全身がかなりアップで映された。

両目は閉じているが、顔が苦痛に歪《ゆが》んでいる。唇にも震えが見られるし、胸部がかすかに上下することから呼吸も確認できた。

夏希はとりあえずホッとした。

高山は生きている。顔色はひどく悪くはないように見える。

少なくとも動脈や静脈は傷つけられていないと思われる。

失血死の心配はないように思われた。問題は内臓の損傷だ。

「杉原、適当に写真を撮っておいて」

内視鏡検査に使うスコープのように静止画像が、ここから取り込めるらしい。

もちろん動画は録画し続けているのだろう。

「おまかせください」

杉原は手もとのレリーズボタンを押している。

これも内視鏡に似ている。

「小出、もう少し左を映してみて」

冴美の言葉に従って画像が大きく揺れた。

またもフォーカスが外れて周囲が一瞬ぼやけた。

たぶん、追随の遅いオートフォーカスなのだろう。すぐにピントが合った。

「いた……」

夏希はつぶやいた。

指揮本部で見た悲しい容貌《ようぼう》の男が椅子に座っていた。

紺色のナイロンジャンパーを着て、おなじような紺色のナイロンパンツを穿《は》いている。

あるいはこのホテルで決められた作業服なのかもしれないが、地味な装いだ。

「横地吉秋ですね」

織田の声も高くなった。

「間違いないですね。凶器を手にしています」

冴美が低い声で言った。

横地の右手には刃渡り一二センチほどの登山ナイフのような刃物があった。

いまの表情には凶暴な色は見えず、どちらかというと沈んでいるように見えた。

「小出、さらに左に振ってくれる？」

声をあらためて冴美が指示した。

ファイバーカメラがロビーの左手レストラン側を映し出した。

三人の女性がカーペットの上に座らされている。

全員が両腕を背中に回している。後ろ手に縛られているのに違いない。

「え……」

一瞬、夏希は自分の目を疑った。

想像もしない存在が目に入ったように思えたのだ。

「女性たちを右から順番にアップして」

冴美の指示で右端の女性がアップされた。

この女性がフロントスタッフの向井麻菜に違いない。高山と同じと思われる生地で作ったジャケットを着て左胸に名札をつけている。二五歳という年齢より少し大人びている気もする。

黒いストレートヘアの顔立ちのよい女性だが、憔悴《しょうすい》した表情で肩を落としている。

杉原がレリーズを押している。

「まん中の女性をアップして」

中央に座らされているのは、カッパーに近い明るい髪をショートボブにした三〇代半ばくらいの丸顔の女性だった。オーバーサイズのハーフピーコートを着ている。アイボリーとブラウンのシャギーチェックの色合いが彼女に似合っていた。派手めのメイクで、ぱっと見は美容師かなにかのように見える。

この女性は放心したようなボーッとした顔で視線も弱々しい。

「OK。小出。いちばん左の女性をアップしてちょうだい」

冴美の指示で最後の人質がアップされた。

夏希はさっき抱いた疑いを晴らそうと画面を凝視した。

「うそっ！」

思わず夏希は叫び声を上げた。

「どうかしましたか」

冴美がけげんな声で訊《き》いた。

「島津さん、しばらくこのままで映していてください」

夏希は声を裏返らせて頼んだ。

「わかりました」

不審な声のままで冴美は答えた。

夏希とよく似たちょっと長めの卵形の輪郭。祖母譲りの整った目鼻立ち。ふっくらとした唇。北国人らしい色白の肌……。

白いタートルネックセーターの上に羽織っているツイードミルのジャケットは、夏希が去年プレゼントしたものではないか。

さーっと血が足もとに下がってゆくような錯覚を感じた。

鼓動が急上昇する。

夏希は自分の奥歯がカチカチとぶつかる音を聴いた。

「知り合いの方ですか？」

異変に気づいたのか、織田が気遣わしげに訊いた。

「母です……」

それ以上の言葉が出てこなかった。

「なんですって！」

冴美は頰に両手を当てて叫んだ。

「信じられない」

織田は言葉を失った。

「まさか……」

杉原は目を瞬《しばた》いて口をあんぐり開けている。

「あ、そうだ」

夏希は気を取り直してスマホを取り出して母の携帯番号に掛けた。

だが、圏外か電源が入っていないというメッセージが返ってきた。

函館の実家にも掛けてみたが留守番電話になっていた。

「やっぱり出ない……」

なかば涙声になって夏希は言った。

「本当に真田さんのお母さんなのですね」

念を押すように織田は尋ねた。

「はい……母は一昨年《おととし》まで函館市の中学校の美術教員の職にあって忙しくしていました。ですが、定年退職をした後は時間を持て余していたようです。再任用などの職にも就いていませんので……父が八年前に先立っているものですから、函館の実家でのんきに暮らしていました。ひとりでふらふらと旅するのが大好きで、出かけるときにもわたしにはとくに連絡してきません。仲は悪くないのですが、お互いドライというか、ふだんはあまり電話もしない関係でして、だから、まさか箱根に来ているとは思いもしませんでした」

焦っているのだろう。夏希は必要もないことまでべらべらと喋《しゃべ》った。

「そうでしたか」

織田は乾いた声で言った。

「母は気が強いほうでして、わたしが子どもの頃に父が出張でいないときに実家に泥棒が入ったんです。そのときも泥棒に『出て行きなさい』って怒鳴って追い返したことがあるくらいでして……でも、やっぱり母の身にもしものことがあったらと思うと……」

後の言葉が続かなかった。

最後に会ったのは三ヶ月ほど前だった。

父の命日に函館の住吉町《すみよしちょう》の墓にお参りしたときだった。

この映像でははっきりとはわからないが、少し痩《や》せたような気もする。

夏希の胸は強くしめつけられた。

「真田さん、この場所ではつらいと思います。もしよろしければ湖尻南ターミナルで待機なさってはどうですか」

織田は思いやりのある言葉を口にした。

だが、いまの夏希にとっては見当違いの配慮だった。

「それは困ります。母のそばにいてやりたいです」

悪いとは思ったが、強い口調で反駁《はんばく》してしまった。

「織田部長。失礼ですが、真田さんはここにいるべきだと思います」

冴美には夏希の気持ちが通じるようだ。

「仕事は仕事です。いまは驚いてしまいましたが、母のことで今後の仕事に影響が出るようなことありません」

夏希のきつい口調に、織田はいささか鼻白んだような顔をした。

「人質の状態をとりあえず本部に連絡してきます」

織田は立ち上がって外へ出ようとした。

「わたしの母だということは誰にも言わないでください」

指揮本部に下手に気遣ってもらいたくはなかった。

人質のなかに母がいることで、指揮本部の判断が狂っては大変だ。

「しかし……」

織田は心配そうな顔を見せた。

「事件解決に向けて、なんらかの支障が出ては困ります」

夏希はきっぱりと言い放った。

「わかりました。とりあえずフロント近くに全員がいることを伝えます」

織田はドアを開けた。

「高山さんが生存していること。失血死のおそれはないけど、内臓の損傷が心配であることも伝えてください」

夏希はあわてて言い添えた。

「了解しました」

織田は背中で答えた。

【4】

夏希はふたたびファイバースコープが捉《とら》えているロビー内の映像に目をやった。

「島津より、小出。もうアップはいいから、少しカメラを引いて、人質全体を映して」

冴美は声をあらためて小出に新しい指示を出した。

「小出です。了解しました」

無線から小出ののんびりとした声が聞こえてきた。

「あっ」

夏希は短く叫んだ。

画面のなかで、名前のわからない三〇代の人質の女性が立ち上がった。

女性は後ろ手に縛られたままで怒っている。

歯を剝《む》きだして横地に向かって叫び声を上げた。

横地も眉《まゆ》を吊《つ》り上げてつばを飛ばし始めた。

二人の言い合いは続いている。

足を踏みならすように動かして、横地は右手のほうに消えていった。

女性はカメラの画角の外に向かって大きな声を上げ続けているように見える。

しばらくすると画面の端に横地が現れた。

「まずいな……」

冴美はかすれ声でつぶやいた。

「おいおい、そりゃあないぜ」

杉原は嘆くような声を出した。

横地は右手にナイフを持ち、左手に赤いポリタンクを下げている。

なにか叫んだと思うと、横地はタンクに入っている液体をカーペットに振り撒《ま》き始めた。

「そんな……」

夏希の全身は凍りついた。

もしガソリンなら、母はひとたまりもない。

過去に起きた、たくさんの事件が頭をよぎる。

女性はくるっときびすを返して逃げ出した。

ポリタンクを床に置くと、横地は女性の背中に向かってナイフを投げた。

幸いにもナイフは女性には当たらず、カーペットに落ちた。

フロント係の麻菜は顔をくしゃくしゃにして泣いている。

画面の左端から夏希の母が出てきて、横地と人質の女性に向かってなにかを話し始めた。

夏希の胸の鼓動はどんどん激しくなった。

語り続ける母の表情はとてもやわらかい。

叫び続けているが、横地はだんだんと落ち着いてきたようだ。

母はわずかに笑顔になって語り続ける。

横地はだいぶ興奮が収まったらしく、やがて口を閉じた。

床に落ちたナイフを拾い上げて、横地は椅子に腰を掛けた。

母はカーペットの上に元のように後ろ手で座った。

逃げた女性も戻ってきて、ロビー内はもとの静けさを取り戻した。

「お母さま、さすがですね」

冴美が感心したような声を出した。

「え……そうですか」

夏希は冴美の顔を見て言った。

「横地をおとなしくさせちゃったじゃないですか」

冴美の表情には驚きがあった。

「中学校の教員でしたから、やんちゃな人間や粗暴な者と話すのには慣れているのかもしれません」

夏希は感心してはいなかった。

むしろ文句を言いたかった。

まぁ、母は人をなだめたり、おとなしくさせたりするのは得意なほうだろう。

しかし、この状況で余計な口出しは危険きわまりないではないか。

そのとき、織田が帰ってきた。

「小田原署の指揮本部には連絡を入れました。そうしたら、県警本部が強硬策を検討しているというのです」

額に縦じわを刻んで織田は言った。

「強硬策と言いますと？」

冴美が眉間《みけん》にしわを寄せて訊《き》いた。

「ＳＡＴの投入です」

織田は不愉快そうに口もとを歪《ゆが》めた。

「そんなバカな。これはわたしたちの事件です」

怒りのこもった冴美の声が響いた。

冴美たちSISは刑事部の所属で犯人を逮捕することを最終的な目標として行動する。これに対してSATは警備部の所属で犯人を制圧することを目標としている。つまり、射殺も辞さないという考え方だ。基本的にSATはテロ対策部隊なのである。

「松平《まつだいら》本部長に直接電話を入れて説得しました。現時点では僕の意見に従ってくれてSATの投入は撤回しましたが、いつ風向きが変わるかもしれません」

浮かない顔で織田は言った。

「いつものパターンですね」

何度かこんなことがあった。

「本多《ほんだ》警備部長がSATの投入を強く主張しているようです。本多部長は僕の先輩キャリアで階級も警視長です。本部長が県警に来たばかりの僕より、本多部長の意見を重視するのも仕方のないところもあるのですが……」

苦り切った顔で織田は言った。

重苦しい空気が車内を包んだ。

「いま、ちょっとまずいことがありまして」

冴美は低い声で言った。

「なにが起きたんですか」

織田は冴美の顔をじっと見て訊いた。

「人質のひとり、三〇代の女性が感情的になって横地を非難しているような状況になりました。すると、横地も激して赤いポリタンクを持ち出してきて床に液体を撒き散らしたのです」

冴美は平坦《へいたん》な口調を保って答えた。

「なんと」

織田は言葉を失った。

「大変に危険な状況です」

冴美は眉をひそめた。

「液体の種類はわかりましたか」

かすれがちに織田は訊いた。

「わかりません。ただ、もし灯油なら大変危険ですし、ガソリンなら緊急事態と言ってもいいです」

緊張感漂う声で冴美は答えた。

「困りましたね」

織田は眉根《まゆね》を寄せた。

「ええ……さらに慎重に対応してゆかなければならないと思います。その後、横地は怒りにまかせて女性にナイフを投げつけました。横地が感情的な男であるのは間違いがないです。さらに三〇代の人質の女性も負けずに感情的なようです」

冴美は眉間にしわを刻んだ。

「騒ぎは収まったのですね」

あまり動きのない状態に戻った横地と人質たちが映っているモニター画面を見ながら織田は尋ねた。

「はい、真田さんのお母さまが横地に語りかけて、怒りを静めてくださいました。横地はお母さまの言葉を聞いているうちに落ち着きを取り戻したようです。残念ながら会話の内容は聞こえていませんが、見事な説得ぶりでした」

少しゆるやかな声で冴美は言った。

「そりゃすごい」

織田はうなり声を上げた。

「中学の教員でしたから、感情的になっている人間を扱うのには慣れてるんです」

夏希はとまどいを隠せなかった。

「そればかりではなく、カウンセリングマインドもお持ちなのでしょう。さすがは真田さんのお母さまですね」

織田は手放しで褒めた。

「人質のなかに真田さんのお母さまがいらしたことは救いだと思います。しかし、織田部長。突入という手段は大変な危険を伴うことがはっきりしました。もし床に撒かれたものがガソリンだとしたら……閃光弾《せんこう》を使用することも難しいでしょう。閃光弾はマグネシウムなどを燃焼させますから、引火するおそれがあります。さらに横地を確保する前に火をつけられたら万事休すです。どれほどの犠牲が出るかわかりません」

冴美は感情を抑えることに慣れているようだ。

夏希は膝頭《ひざがしら》がガクガクと震えた。

「わかりました。松平本部長にその旨を伝えます」

織田の言葉を聞くと冴美は手を振って制止した。

「それは……ちょっと待って頂ければと思います」

「なぜですか?」

不思議そうに織田は訊いた。

「我々が横地とコミュニケーションが取れていないことがSATの投入を正当化して

いるのだと思います。しかしもガソリンのおそれがある液体が撒《ま》かれた件を伝えれば、SATはさらに強硬な作戦を提示してくるかもしれません」

冴美の声は硬かった。

「どのような作戦ですか」

首を傾げて織田は尋ねた。

「こちらの映像をもとに横地の位置を推察して、遠距離から狙撃《そげき》する作戦です」

冷静な口調で冴美は答えた。

「犯人を簡単に殺してしまうなど許されません」

織田の声には怒りがこもっていた。

「もちろんです。さらにひとつ間違えれば、人質にも犠牲が出ます。これは絶対に避けなければなりません」

厳しい声音で冴美は言った。

母をこれ以上、危ない目には遭わせたくない。なんとか横地とコミュニケーションを取りたい。

二人の会話を聞きながら夏希は必死で考えを巡らしていた。

「そうだ！」

無意識に大声を上げてしまった。

「どうしました」

織田がけげんな顔で訊いた。

「横地と対話できる可能性を考えつきました」

夏希は考えついたアイディアを織田、冴美、杉原にゆっくりと説明した。

「おもしろいです！」

杉原はかるく叫んだ。

「試してみる価値はありますね」

織田は表情をやわらげた。

「危険性の少ない方法です。やってみましょう」

冴美もうなずきながら賛同した。

「では、準備を整えてもらうよう、指揮本部に連絡しましょう」

織田はきっぱりと言い切った。

母を救うのだという思いに夏希のこころは熱く燃えていた。

第二章　湖畔の祭典

【1】

午後の陽ざしは湖面に砕けるさざ波にちいさな三角形の反射を作っていた。
夏希は白い小型ボートのスターン（船尾）デッキに立って暮れゆく湖面を眺めていた。
今日の日没時刻は午後五時過ぎだ。
もうしばらくすると、あたりが暗くなってくるだろう。
秋の日暮れは早い。
「やっぱり緊張します」

夏希は隣に立つ織田に、正直な胸の内を告げた。
「本当に大丈夫ですか」
織田は気遣わしげな声を出した。
母が人質になっているのだから、織田が心配するのもあたりまえだ。
だが、夏希もプロだ。そんな揺れ動く感情を仕事に持ち込んでは恥だ。
「でも、こうして船に乗っていると一瞬でものびやかな気持ちになれますね」
これも正直な気持ちだった。
海とは違って周囲の森の香りが強く漂う。
夏希は深呼吸して森のエネルギーを身体に取り入れた。
「ヘリは飛んでいませんね」
織田が空を見上げて安堵《あんど》の声を出した。
SNSに端を発し、立てこもりの事実が世間に拡散してしまった。
警察とマスメディアも報道協定を解除せざるを得なくなり、報道合戦が開始された。
人質になっている高山亜史と向井麻菜については顔写真さえ報道されている。
そろそろ、ここにもカメラマンや記者たちがどっと押しかけるはずだ。
ただ、午後四時半以降は東京ヘリポートが運用を停止することになっている。

このあと夜の間は報道ヘリが増えるおそれはない。ヘリのローター音は犯人を刺激しかねない。

「あの……いったんキャビン内に入って頂けますか」

前方のキャビンから若い巡査が遠慮深げに声をかけてきた。

「わかりました」

織田が答えて、夏希たちはキャビン中ほどの右舷《うげん》側レザーシートに座った。

目の前にはちいさなテーブルがあって、ノートPCがスリープ状態になっている。

この船のサイドウィンドウは広くとってあり、外の景色がよく見える。しかも引戸式なのでいざとなれば外の風も感じられる。

操舵《そうだ》席でラットを握っているのは、小田原警察署の矢部《やべ》巡査部長という地域課員だった。

真鶴に住んでいて、非番のときには所有するモーターボートに乗るのが楽しみだという。

相模《さがみ》湾に比べると、波がほとんど立たない芦ノ湖の操舵はお茶の子だそうだ。

湖尻南ターミナルに詰めていたが、この船のキャプテンを買って出てくれた。

三〇代半ばくらいだろうか。鼻筋の通ったクールな感じの男性だ。

地域課活動服の上に紺色のウィンドブレーカーを羽織ってキャップをかぶっている。

キャプテンシートの隣には、いま声を掛けてきた野中《のなか》巡査が座って前方を注視している。

矢部と同じ恰好《かっこう》をしている野中も小田原署地域課員で、ときどき矢部の船にプライベートで乗り込んでいるそうだ。

驚いたことに県警も神奈川県も芦ノ湖に動力船を所有していなかった。

そこで指揮本部は、湖畔に複数のホテルなど広大な観光施設を運営している企業のマリーナに係留されているレンタルクルーザーを借り受けた。

湖尻南ターミナルに詰めていた警察官たちによって、無線機やPCの設置などひと通りの準備は出航前に整えてある。

「なかなかいい船だな。俺もこんなのがほしいが、高そうだな」

矢部はステンレスの小ぶりなラットを握りながらのんきなことを言っている。

全長九メートル全幅二・五メートルほどのこの船の定員は一〇名となっている。

長時間のクルージングも想定した船でとても快適だった。キャビン後方にはマリントイレさえ備えている。

こんな事態でなかったら、白いレザーのシートに身を委《ゆだ》ねてシャンパンを飲みながら芦ノ湖の日没を楽しみたいくらいだった。

先日出かけた豪華クルーザーの旅は、とんでもない事件のせいで台無しになってしまったし……。

ただ、スターンデッキ最後方には大型テレビが固定してあるので、せせこましい感じだが仕方がない。

「まさか、ボートに乗るとは思わなかったぜ」

キャプテンシートの隣でSISの川藤巡査部長がいくぶんはしゃいだ声を出した。

「刑事部長をお乗せしていることこそまさかだよ」

矢部はまじめな声で言った。

「そうだな……ふつうなら口もきけないようなお方だものな」

つぶやくように川藤は言った。

横地に電話を掛け続ける作業は指揮車にいる杉原巡査が兼任することになった。川藤は《オーベルジュ湖尻》を引き上げてこの船に乗ってくれた。

当然ながら、川藤と指揮車の冴美とは無線で連携がとれている。

また、現場でファイバースコープによって横地の動きを観察している青木や小出も、指揮車の冴美とは連携が取れている。

前線本部が《オーベルジュ湖尻》から指揮車に移ったわけである。

前方の窓に、湖尻方向から赤白に塗り分けられ金色の縁取りが施された三本マストの海賊船が近づいて来るのが見えた。

芦ノ湖にはいくつかの会社が遊覧船を運航しているし、手こぎや足こぎのボートも少なくはない。

相模湾のような波はないだろうが、ほかの船舶との衝突に気を遣うことだろう。

矢部はかなり手前で右に舵《かじ》を切って遊覧船をかわした。

左手に灯《あか》りの点《とも》った窓が通り過ぎてゆく。

月曜日の夕刻とあって船に乗っている観光客はまばらだった。

「もうすぐ現場です。なるべく出力を落としてエンジンの音を立てないように現場にアプローチします」

「そうしてください。しつこいようですが、犯人の横地を刺激しないようにお願いします」

織田はていねいな口調で指示した。

「了解です。船外機の船ですけど、4ストロークのエンジンなのでわりあいと静かで助かります」

矢部は操舵席左手に生えている黒いスロットルレバーを操作して、エンジンを絞っていった。

建物内からはほとんど聞こえないほどに静かなエンジン音になった。

「このあたりは右岸も左岸も目印になる建造物がないんですよ。だけど、左岸のあの突き出した岬が亀ヶ崎《かめがさき》です。あれを越えると湖尻エリアはすぐです」

矢部は現場とは反対側の左手の湖岸を指さした。

ちらほらと施設が見えていた右岸とは異なり、左岸はずっと緑の森しか見えていなかったが、突き出た岬らしき地形が見えている。

湖の幅も狭まっている。スマホで調べたら六〇〇メートルに満たない距離しかなかった。

「いま深良《ふから》水門沖です。ほら、見えてきましたよ」

矢部が指さす右岸先の岸辺を見ると、RC構造の建物が湖面に白い影を落としている。

《芦ノ湖ホテル》は東側から見ていたのとはかなり違って見えた。

湖畔の崖《がけ》に張りついている建物で、西側のテラスは大きく湖に張り出している。

ちいさな木製の桟橋を持っていて、建物からコンクリートの階段が延びていた。

「川藤から隊長。現場からおよそ一〇〇メートル付近を航行中です。建物が目視できます。こちら側からは異状は発見できません」

ヘッドセットで川藤が冴美に無線連絡を取った。

「島津より川藤。現場建物付近の湖上にアンカリングは可能な状況か？」

横から無線を聞いた矢部がゆったりとした口調で答えた。

「岸から六〇メートルのあたりならアンカリングできるだろう。向かい風だし、このままいける」

「そうか、大丈夫そうか」

川藤の問いに、矢部は自信ありげにうなずいた。

織田は現場での指揮はずっと冴美に一任している。

いまも余計なことは口にしなかった。

「矢部巡査部長はアンカリング可能とのこと。指示を願います」

無線で川藤は冴美に訊《き》いた。

「では、安全に配慮しつつ、アンカリングせよ」

冴美の答えが返ってきた。

「了解。矢部さん。俺はなにをすればいいのか」

川藤が訊くと、矢部はにやっと笑って答えた。

「悪いが、アンカリングはけっこう気を遣う。経験もしている野中がやる。あんたはゆっくり見物しててくれ……おい、野中。出番だぞ」

「了解っす」

元気よく答えると、キャビンからスターンデッキに出た野中が、バウ（船首）デッキに向かった。

夏希の目に、窓の外で慎重に船体を伝う野中の足が映った。

「このあたりだな」

現場建物を注視しながら矢部がスロットルレバーを操作すると船は後進を始めた。

「よしっ、投錨《とうびょう》しろっ」

コックピットから矢部が叫び、野中は窓越しにサインを返した。

ポチャンというような音を立てて、アンカーは湖水に放たれた。

矢部の操作によってやがてロープがピンと張った。

野中がロープの張り具合を確認してサインを出した。

「ご苦労さん、戻って来い」

矢部の指示に従って野中はキャビンに戻って来た。

「アンカリングできました」

矢部は夏希たちに張りのある声で報告して、船の灯火を点灯した。

「矢部さん、ありがとう。それでは川藤さん、作戦準備に入ります。現場の状態を島津さんに確認してください」

織田がハキハキと指示すると、川藤は大きくうなずいた。

「川藤より隊長へ。アンカリングに成功しました。作戦準備に入ります。現場はどうなっていますか」

「島津より川藤。現場に変化なし。ロビーの照明は点灯した模様。横地は椅子に腰掛け、三人の人質はカーペットに座っている。現時点では高山さんの容体にも急変は見られない」

冴美の声がスピーカーから返ってきた。

ボートから見える西側の現場も静まりかえっている。

「了解、では作戦に支障なしですね」

念を押すように川藤は訊いた。

「支障ないものと思量する」

冴美は曇りのない声で答えた。

「では、川藤さんと野中さんはモニターと発電機を準備してください」

織田はおだやかな声で下命した。

「はっ」

「直ちに！」

二人は緊張感いっぱいに答えた。

川藤たちは今回の作戦の主役である八五インチを超える大型モニターを現場建物方向に向けて設置した。

いままでは船尾方向に向けて固定してあったが、長さが一八〇センチくらいあるので倒さないように慎重にスターンデッキの右舷《うげん》側に立てた。

このモニターは幸いなことに湖畔のホテルに置いてあった。この船を貸し出してくれたグループのホテルだ。

続けて野中が足もとに置いた小型発電機を始動する。こもってはいるが、そこそこ大きなエンジン音が響き、夏希は反射的に首をすくめた。

「真田さん、準備はいいですか？」

織田の声がスターンデッキから聞こえてきた。

パッと見ると、織田は川藤と野中の横に立っていた。

「ＯＫです」

夏希は目の前に起《た》ち上がっているノートＰＣの画面を見ながら答えた。

電話や無線で話ができるように、頭には川藤と同じヘッドセットを装着している。

「モニター設置完了です。ＰＣからの映像もきちんと表示されています」

スターンデッキから川藤の明るい声が響いた。

「では、川藤さん。島津さんに連絡の上、信号弾を撃ってください」

織田は強い声で命じた。

「了解です。川藤から隊長。信号弾を発射します」

川藤は張りのある声で言った。

スピーカーからも音は出ているが、ヘッドセットからも同じ内容が聞こえてきている。

「島津より川藤。了解。横地の反応を注視します」

冴美のはっきりとした声が返ってきた。

川藤はさっとイヤーマフを掛けた。腰に装着していた黒い信号拳銃《けんじゅう》をゆっくりと空に向ける。

「撃ちます」

言葉と同時に発射音が響いた。

ガス圧による発射だそうで、バシュッという発射音はそれほど刺激的には聞こえなかった。

一筋の光が暗くなり始めた空に向かって立ち上った。

信号弾はかなり高いところで炸裂《さくれつ》し、四方八方に光を散らした。

湖面にも光が届いて波に揺れた。

「川藤から隊長。横地は気づきましたか」

信号拳銃をゆっくりと下ろしてイヤーマフを外して首に掛けた。

「島津から川藤。ロビー内にも信号弾の光が届いた。横地はレストラン方向に視線を向けている。信号弾が自分に向けられたというような態度はとっていない」

冴美は淡々とした声で答えた。

夏希も織田も矢部も、誰もが川藤と冴美の会話に耳を傾けている。

「二発目が必要でしょうか」

交信しながら川藤は二発目を弾込めしている。

「そうね、横地の反応は弱いし、二発目を撃ちましょう」

「了解。二発目を撃ちます」

ふたたび川藤はゆっくりと信号拳銃を空に向けて引き金を引いた。

同じように光の筋が立ち上り、上空で炸裂した。

「島津から川藤へ。横地が立ち上がった。湖水方向を凝視している。明らかに不信感を抱いている模様。横地は向井麻菜さんになにか言って立たせた。あ、駄目だわ。横地は向井さんの背中側にまわって首筋にナイフを突きつけている」

冴美の声はあくまで静かだった。

「突入は無理ですね」

残念そうに川藤は言った。

「この作戦による突入は考えていません。横地が向井さんにナイフを突きつけたまま、レストランに向かっている。作戦実行のチャンス到来だね」

力強い声で冴美は言った。

「真田さん、お願いします」

織田が夏希に静かに下命した。

「了解しました」

答えつつも、夏希は背中がこわばるのを感じた。

何度も何度も凶悪な犯人と対話してきた。

だが、いまでも最初にメッセージを送るときの緊張感は変わらない。

――横地吉秋さんへ

今回はメッセージの表示字数に制限がある。
この船に載せているモニターと、《芦ノ湖ホテル》の西側窓との間には五〇メートル以上の距離がある。
出航前にテストは繰り返してみた。
視認性を考えると、一度に表示できるのは三〇文字程度だ。
「おお、しっかり表示されています」
野中がしっかりと報告した。
だが、横地が見ているかどうかはわからない。

――わたしは神奈川県警の真田と言います。

――あなたの役に立ちたいと思っています。

──電話に出てもらえないでしょうか。


夏希は三つのメッセージを繰り返し表示した。

横地が反応してくれればしめたものだ。

もし横地が電話に出たら、すぐに夏希のヘッドセットに転送される手はずになっている。

しかし、なんの反応もなかった。


──あなたは苦しい気持ちでいると思います。

──だから少しでもお役に立ちたいのです。

──お願いです。わたしはあなたとお話ししたいのです。


横地は電話に出ない。

無力感を覚えながらも、夏希はこれらのメッセージをゆっくりと繰り返した。

だが、なんの反応もなかった。

この大型モニターによる対話の試みは夏希の発案であった。

しかし、東のエントランス側にモニターを設置する案については、冴美から反対が出た。

SISが東側から《芦ノ湖ホテル》を囲んでいることを、犯人の横地に知られたくない、横地にはエントランス側に注意を向けてほしくない、というのが冴美の主張であった。

人質が生命の危機に瀕《ひん》するなどの非常事態が発生したときには、SISは最後の手段として突入を選ばざるを得ない。

だが、その時点で、横地が東側に注意を向けていれば、人質の身に危険が及ぶ。

そこで夏希は西側の芦ノ湖にボートを出して、大型モニターから横地に呼びかける方法を提案した。

冴美は賛成した。西側であればかえって横地の注意を逸《そ》らすことができる。さらに湖からのテキストによる呼びかけであれば、横地がそれほど警戒することはないだろうというのが冴美の意見であった。

織田はボートからの呼びかけという案に賛成して、直ちに各方面に協力を要請した。時間を要したが、準備は整えられたのである。

現場で拘束されている母の姿がこころに浮かんだ。

ちいさい頃に風邪を引くとリンゴをすり下ろしてくれたやさしいエプロン姿を思い出した。

小学二年のときに、一学年上の男の子にいじめられて夏希は泣いて帰ってきた。『夏希をいじめるヤツは許せん』と怒り出して、嫌がる夏希をその子の家まで引きずっていって、相手の男の子が泣き出すほど叱った怖い姿が浮かんでくる。

医大に受かったときに、『人の苦しみを救う仕事に就いてくれてほんとに嬉《うれ》しい』と夏希を抱きしめ続けていた母。

父ががんで亡くなったときに、子どものように泣き続けていた母の姿も忘れられない。

数々の思い出が次々に浮かんでは消えた。

特別なところはない母だが、いつも家族を惜しみなく愛してくれた。

たまらなくなった夏希は、自分でも予想もしなかったことをキーボードに打ち込み始めた。

――あなたが人質に取っている真田俊美は、わたしの母親です。

「真田さん、それは……」

織田のこわばった声が耳もとで響いた。

「そうだったんですか」

「いやぁ、びっくりだなぁ」

この事実を知らない矢部と野中はそれぞれに驚きの声を上げた。

――母はわたしにとってとても大切な人です。

――歳も取っていますし、血圧も高めです。心配でなりません。

――どうか、母とわたしを交換してください。

「だめです。そんなことは」

焦り声で織田は制止したが、夏希は無視した。

――母とわたしを交換してください。わたしが人質になります。

――お願いします。どうか、お願いします。

「真田さん、危険すぎます。やめてください」

織田はキャビン内に入ってきて、夏希の袖《そで》を引いた。

夏希はまたも織田を相手にせずにメッセージを入力した。

――上司がやめろと言っていますが、かまいません。

――母をわたしと交換してください。

――お願いです。もしOKなら、レストランの灯《あか》りをつけてください。

祈るような気持ちで夏希はメッセージを送った。

しばらく時間が経過した。

「おおお。レストランの灯りが一瞬だけ点灯した」

野中が叫び声を上げた。

夏希も右の窓から点灯する現場建物を見ていた。

よし、これから現場に乗り込むのだ。

恐怖感はなかった。母を救える喜びが湧き上がってきた。


——ありがとうございます。こころより感謝します。

——そちらの栈橋に船を着けます。母を栈橋に出してください。


またも建物には一瞬だけ灯りが点《とも》った。

横地は夏希の提案を受け容《い》れたのだ。

「織田さん、船を栈橋に着けてください」

静かな声で夏希は頼んだ。

「そうするしかないようですね……」

あきらめたように織田は言った。

「お詫《わ》び申します。やっぱり感情なしで職務は遂行できないようです」

夏希は深々と頭を下げた。

織田の指示を無視した夏希は謝るしかなかった。

だが、ひとりの人間として自分が間違った行動を取っているとは思っていなかった。

「わたしは真田さんのことが心配でなりません。ですが、真田さんのお母さまが解放されるのであれば、反対することはできません」

しんみりとした口調で言う織田に夏希は感謝した。

織田の言葉には真実がこもっているように感じた。

「ありがとうございます。犯人の横地と直接話して、立てこもりをやめるように説得します」

夏希は毅然《きぜん》とした表情で言った。

「矢部さん、船を《芦ノ湖ホテル》の栈橋に着けてください」

織田は静かに命を下した。

「了解しました……真田さん、俺は尊敬します」

矢部は夏希を振り返って声を掛けた。

「ありがとうございます」

船内の全員が状況を理解しているのだ。

「おい、野中、おまえバウに行け。アンカー上げて桟橋に舫《もや》いをとるんだ」

矢部がスターンデッキを振り返って大きな声で指示した。

「了解、直ちにっ」

野中がスターンデッキからバウに向かった。

「川藤から隊長。真田警部補がお母さまとの人質交換を提案して、横地がこれを受け容れるサインを送ってよこしました」

いささかうわずって川藤は告げた。

「えっ？　それは大胆な」

珍しく冴美は裏返った声を出した。

「現状を連絡します。横地はロビーに戻ってきた。感情的なようすは見られない。ちょっと真田さんと話したい。聞こえますか」

冴美は夏希に呼びかけてきた。

「はい、いま無線聞こえてます」

夏希は冴美が専門的見地から反対するのではないかと身構えた。

「あなたなら大丈夫。きっと事件を解決できる。わたしは信じています」

案に相違して冴美はあたたかい声で言った。

「ありがとう」

冴美の励ましてが嬉しくて、夏希はのどが詰まった。

「不安だろうけど、武器はもちろん、無線機も置いていってください。こんな場合は裸で飛び込むしかないと思います」

やわらかい声音で冴美は告げた。

「もちろんです。犯人を刺激しないように最大の注意を払います」

はっきりとした声で夏希は答えた。

「では、真田さん、下船の準備をお願いします」

矢部が振り返って叫んだ。

夏希はゆっくりとスターンデッキに足を運んだ。

あたりはすっかり薄暗くなっている。

森が吐き出す香気が夏希を包んだ。

歩くよりも遅い速度で船は桟橋に向かった。

夕闇のなかに栈橋が浮かび上がってきた。
母がぼんやりと立っている。
じわっと出てきた涙で、母の姿が霞《かす》んだ。
これではいけない。感情を平静に保たなければ職務は遂行できない。
夏希は思い直して背筋を伸ばした。
矢部が何度もスロットルを操作してエンジンがうなって船は栈橋に横付けになった。
さっと下りた野中が栈橋の杭《くい》に舫いをとった。
緊張感を背負いつつ、夏希は船尾のステップから栈橋へと下りた。
近づくボートをぼう然とみていた母がハッとした表情で夏希を見た。
夏希が立つところへ、母はゆっくりと歩み寄ってきた。
母とは三メートルほどの距離に近づいた。
「夏希……」
涙混じりに母は夏希の名を呼んだ。
「お母さん」
感情を抑えようとしても無理だった。
夏希の声は大きく震えた。

駆け寄って抱きしめたい気持ちを夏希はぐっとこらえた。

「わたしを助けるために夏希が犠牲になることはないんだから」

母は眉根《まゆね》を寄せて泣きそうな声を出した。

「違うよ。わたしは警察官としての職務を果たすためにお母さんと交代するんだよ」

言葉に力を込めて夏希は言った。

「おまえって子は……」

母はかすれた声で言った。

「だから、わたしは行かなきゃならない」

きっぱりと夏希は言い切った。

「夏希は子どもの頃から、こうと決めたら曲げない子だったからね」

泣き笑いの母の声だった。

「そうかな。自覚ないけど……」

本当に自覚はなかった。自分は母の意見も聞いて柔軟に生きてきたつもりだ。

「朋花ちゃんのことで悩んだら、何もかも忘れて心理学の勉強始めたじゃないの。結局、精神科のお医者になって……夏希はほんとは絵描きになりたかったんじゃないの？　お医者になってよかったなと思ってたら、今度は警察官になるなんて……わたしはいつもビックリしてばっかりだよ」

　こんなことを母に言われたのは初めてだ。

「しょうがないじゃん。わたしのなかでは筋道が通ってるんだもん」

　夏希はちょっとふて腐れたように答えた。

「犯人がね、夏希が来ないとダメだって言ってるから仕方ないけど……わたしはつらい」

　母は顔をしかめた。

「心配いらないよ。無事に帰ってくるから。お母さんは早く船に乗って。あんまり長いこと話していると、犯人が怒るかもしれない。さ、早く」

　夏希が急《せ》かすように言った。

「わかった。船に乗る。ところでね、あの犯人……どこかで見たことがあるような気がするんだよ」

　母は予想もしないことを口にした。

「本当の話？」

　夏希はもちろん横地吉秋などという男は記憶の片隅にもない。

「そんな気がするだけだろうね。気のせいかもしれない」

自信なげに母は答えた。

「犯人からの指示はあるの？」

大事なことを確認しておかなければならない。

「階段上ったところのドアから建物に入ってロビーに行くようにって、犯人がそう言ってた。わたしもそのドアから出てきたんだ。いまは開けてあるけど、閉めると自動的に鍵《かぎ》が掛かるってことだから」

母は階段を見上げて言った。

「じゃあ。わたし行くから」

不安そうな顔で母は言った。

「うん、夕飯を一緒に食べよう」

夏希はまじめに言った。

一瞬、母は複雑な顔になった。

「そうだね、一緒に食べよう。夏希なら大丈夫だね」

自分に言い聞かせるような調子で母は言った。

スターンデッキに立った織田が、夏希たちの会話を真剣な表情で聞いている。

「さぁ、お母さん。銀色の手すりにつかまって、このステップから船に乗ってください」

　野中が手招きした。

「いま参ります」

　母は小走りで船に乗り込んだ。

「じゃあ、出しますよ」

　バウデッキに進んだ野中は舫《もや》いを解いた。

　野中がキャビンに戻ると、船はゆっくりと桟橋を離れた。

　母と織田が並んで夏希を見ている。

「犯人の視界に入らないあたりを選んでアンカリングして待っています。気をつけて」

　織田が叫んだ。

「了解です」

　夏希は二人に向かって元気に手を振った。

　母と織田も静かに手を振り返してきた。

「さて、現場に裸で飛び込むか」

　階段を見上げて夏希は独り言を口にした。

　夏希は一歩一歩コンクリートの階段を上ってゆく。

緊張が全身を包む。

だが、母を救えたことが夏希のこころを軽くしていた。

【2】

西側入口のアルミドアは母が言っていたように開け放してあった。

このドアは内側からは簡単に開けられるが、いったん閉めると屋外からは開かない構造らしい。

ドアの向こうには照明が明るく輝いていた。

ここからはホテルらしい内装となっていて、カーペット敷きの床や板張りの壁という空間が広がっている。

さらにわずかな玄関スペースを経て、比較的急傾斜の階段が続いていた。

あたりには誰ひとりいない。

横地はドアを開け放しにしたままで、母を桟橋に出すようなことをしたのだ。

用意周到な人間であれば、こんな無防備な方法を選ぶはずはない。

ドアからＳＩＳなどの警官隊が急襲してくる可能性があるのだ。

その危険性を警戒しない横地が夏希には不思議だった。

少なくとも、横地が思慮深い人間ではないことはたしかだ。

立てこもりは偶発的な犯行であって、計画性はないのだろう。

だが、それは一方で、横地が感情的であって、自分を制御できる理性を持ち合わせていないことを物語っている。

あらためて夏希は気を引き締めた。

面と向かっての会話にはじゅうぶんな注意が必要だ。

夏希は上のほうの気配に気を配りながらゆっくりと階段を上っていった。

ロビーのある一階と思《おぼ》しき場所まで上っていくと、目の前に薄いアイボリーの壁が立ちふさがった。

防火シャッターだ。

右側に避難扉があったので、夏希はノックしてみた。

「真田夏希と申します」

夏希は大きな声で名乗った。

しばらく無音が続いたので、夏希は再度名乗った。

「入ってもかまいませんか。真田夏希です」

「両手を上げて入ってこい」

低い不機嫌な声が室内から響いた。

防火扉のハンドルを動かしてから、言われたとおりに夏希は左右の手を上げて身体で扉を押すようにして室内に入った。鍵は開いていた。

照明は一部しか点灯しておらず、思ったより広いロビー内は薄暗かった。

左にフロントカウンターがあった。

その脇には横地が右手にナイフを持って椅子にドカンと腰を掛けていた。

ファイバースコープで見たとおり、頬がこけた貧相な五〇男だ。

眉《まゆ》が下がり気味で、かぎ鼻の下に薄めの唇を突き出している。

写真での印象と変わらず、どこか悲しい容貌《ようぼう》に見える。

横地は夏希の顔をジロリと睨《にら》んだ。

だが、それほど凶暴な表情とは見えなかった。

椅子の前には二人の女がうなだれてカーペットに座っていた。二人とも後ろ手に縛られているように見える。

ひとりはフロント係の向井麻菜だ。憔悴《しょうすい》しきっている表情だった。汗を掻《か》いたのか、化粧がすっかり落ちている。それでも隠せない若さは感じさせる。スカートを穿《は》いているためか、横座りだった。

左に座るひとりはカッパーの髪をショートボブにした三〇代の女だ。オーバーサイズのピーコートは脱いだのか、バルキーな白いセーターにデニム姿だった。

気が強そうにも見えるが、麻菜に負けず疲れた顔つきをしていた。

かたわらの床には、マネージャーの高山が転がされていた。

午前中に刺されて倒れた状態から変わっていない。

胸のあたりが波打っている。呼吸は確認できる。

生きていることは間違いがないが、気を失っているようにも見える。

流血は見られないし、顔色も思ったよりは悪くなさそうだ。

状態を確認したいが、とにかくは横地とコミュニケーションを取らなければならない。

「真田です。母との交代を許してくださったことに感謝します」

夏希は頭を下げて本気で礼を言った。

「武器は持ってねぇよな」

低い声で横地は訊《き》いた。

「もちろんです。わたしはふつうの警官じゃありません。科学捜査研究所の職員なので武器は使えません」

夏希は言葉に力を込めた。

横地はジロジロと夏希を眺めた。

「おい、向井。この女を身体検査しろ」

横地は命じると、手にしたナイフをかるく上下に振った。

「ひっ」

麻菜はバネ人形のようなぎこちない感じで立ち上がった。

「こっちへ来い。縄を解いてやる」

横地は麻菜の縄をほどいた。

「さ、行けっ」

麻菜は無言で夏希のもとに歩み寄った。

「ごめんなさい」

かるく頭を下げると、麻菜は夏希の全身をまさぐった。

「武器なんて持ってませんよ」

夏希はおだやかな声で麻菜に言った。

「なにもないです」

力の抜けた声で麻菜は報告した。

冴美の言うとおり、無線機などを持ち込まずによかった。

「ウソ言ってねぇだろうな」

意地の悪い声で横地は訊いた。

「ウソなんて言いません」

いらだちの混じった声で麻菜は答えた。

「じゃあスマホを取り上げろっ」

横地は強い声で命じた。

夏希はポケットからスマホを取り出して麻菜に渡した。

「これで後ろ手に縛れっ」

横地は自分の近くにあった縄を投げてきた。

渋々といった表情で麻菜は縄を拾い上げた。

「いい加減に縛ったら、ただじゃすまねぇぞ」

低い声で横地は恫喝《どうかつ》した。

「ちゃんと縛りますよ」

麻菜はふて腐れたように答えて、夏希の両腕を後ろに持っていってロープを掛けた。

言葉通りに縛られた両手は少し痛みを感じた。

「向井、縛り直すぞ」

横地の命令に、麻菜は無表情で両腕を後ろに回した。

もうひとりの女性は、三人の動きにほとんど関心を示さずにうつむいたままだった。

「向井は座れ。真田は俺の正面に来い」

仕方なく夏希は横地の前に立った。

麻菜ともうひとりの女性は少し左右にずれて場所を空けた。

目を据えて顔を見ると、横地はちょっとひるんだような表情になった。

「まぁ、座れよ」

横地の語調はやわらかかった。

夏希はかるく頭を下げてカーペットに座った。

ファイバースコープに横地が床に液体を撒《ま》いている様子が映っていた。

撒かれた物質を特定したい。

「なにかの臭いがしますね」

夏希はなにげなく訊いた。

化学物質の臭気が漂うが、ガソリンではなさそうだ。

「ああ、カーペット用の洗剤だよ。この女がわめいてうるさかったから、ガソリン撒いてるって脅したんだ」

横地は面白くなさそうに答えたが、夏希はホッと肩の力を抜いた。危険なことはなさそうだ。

「おめえ、なにしに来たんだ」

虚勢を張るように横地は大きな声を出した。

「母の代わりに来ました」

夏希は声を張った。

「見上げたもんだな」

横地の声は皮肉にも、そうでないようにも聞こえた。

「それからわたしは医師です。この人を診察させてほしいんです」

夏希は横地の目を見て声を張った。

「ふさけやがってっ」

横地はいきなり立ち上がると、自分の椅子を蹴飛《けと》ばした。

音はほとんど立たなかったが、麻菜ともう一人の女性は身体を硬くした。

「こんな野郎は死んじまえばいいんだっ」

横地は高山の右足を蹴った。

高山は身体を縮めて叫び声を上げた。

「やめてください」

夏希は強い声で制止した。

「やめろだと？」

目を光らせて横地は夏希を睨《にら》みつけた。

「死んでしまうかもしれません」

足を蹴られてもそれが原因で死ぬことはないだろうが、少しは脅したほうがいい。

「おめぇ、このクソ野郎をかばうのか」

激しい声で横地は歯を剝《む》きだした。

「憎んでいたとしても殺してはいけません。あなたにとってマイナスにしかなりません」

夏希は毅然《きぜん》とした声で言い放った。

「俺に説教するつもりかよ」

眉間《みけん》にしわを寄せて不愉快そうに横地は言った。

「そんなつもりはありません。お説教はわたしの仕事ではないです」

きっぱりと夏希は否定した。

「この野郎はな。さんざん俺を馬鹿にしたんだ。だから思い知らせてやったんだ」

横地は憎々しげに高山を見た。

「ひどいですね」

暴力は否定しなくてはならないが、少しは横地の気持ちに寄り添わなければならない。

こんな事件を起こすくらいだから、高山にも非難すべき点はあるはずだ。

「ああ、クズ中のクズだよ。こいつを刺してさっぱとしたさ」

のどの奥で横地は奇妙な笑い声を立てた。

さっぱとしたという言葉が夏希の耳に残った。

函館ではあまり聞かないが、さっぱりしたを「さっぱとした」という表現で言うのは北海道人に多い。横地は北海道出身なのかもしれない。

このホテルの運営会社が得ていた青森県出身という情報は不正確だったようだ。

そもそも、指揮本部がなぜ横地に関する詳しい情報を収集できていないのだろう。

この点については数時間前から不思議だった。

「弱みにつけ込んで、こいつはどれだけ俺をいじめたかわかんねぇんだ」

横地の怒りは収まるどころかますますひどくなっているようだ。

ここはとりあえず、高山の診察はあきらめるしかない。

負傷者も大事だが、二人の人質を解放することにも力を尽くさなければならない。

まして横地がナイフを振り回して、あらたなケガ人を出すことだけは避けなければならない。

むろん、夏希が刺されたら万事休すだ。

「高山のヤツはいつでも俺をクズ扱いさ。なにもできないおまえみたいな人間は飯を食う資格もないってな」

吐き捨てるように横地は言った。

「なんでですか。わたしには経験がないからわからないかもしれませんが、病院勤めをしていたときにも営繕課の人たちが何人かいました。とても大変な仕事だと思います。営繕の人たちがいなければ、総合病院なんて一日もやっていけないですよ」

医療機器以外の施設設備は総合病院には数え切れないほど存在する。

たとえば手すりひとつが壊れたとしても放っておけば負傷者が出る。

電球が切れても身体が不自由だったり、弱っていたりする人には大きな障害となる。

夏希はいつも施設管理課と営繕課の職員たちへの感謝を忘れなかった。

「医師をはじめとした医療従事者のなかには、その重要性にあまり気づかない人もいたとは思いますが、わかってないなぁという感じです」

素直な意見を口にしたら、横地はわずかにゆるやかな表情になった。

お世辞を言っているわけではない。横地が自分の仕事に対しては前向きだなと感じたから。解決の方向性を目ざしているのだ。

「そうなんだよ。縁の下の力持ちさ。ホテルなんてもんだって、俺たちがいなきゃすぐに薄汚れて商売ができなくなるんだ」

横地は少しずつこころを開いているようにも思えた。

「ここにお勤めになって何年ですか？」

「もうすぐ六年半さ」

「六年半は短い期間ではないでしょ。その間、しっかりお勤めになったのに、クズ扱いなんてひどすぎますよ」

夏希の言葉はきつくなった。

「だが、六年半ずっとそんなだったさ」

横地は暗い声で言った。

「いじめられ続けたのですか」

やわらかい調子に戻って訊《き》いた。

「ああ、毎日だ。今日だって、庭が汚ねぇ、露天風呂《ろてんぶろ》に葉っぱが落ちてるって怒鳴られた。掃除サボってるんだろってな。そんなもん、この季節だ。風がちょっと吹けば、落ち葉がたまる。俺はな朝六時から必死で掃き掃除してたんだ。客が起きる前にな。少しでも気持ちよく帰ってもらいたいからな。高山のヤツはそれを知ってて嫌がらせするんだ」

横地は大きく顔をしかめてからツバを吐いた。

「本当につらい毎日だったんですね」

さすがに夏希は気の毒になった。

わずかな沈黙を経て横地が夏希を強い視線で見た。

「だがね、そんなことじゃあねぇ。そんなことじゃ俺は高山を刺したりしねぇ。今朝、この野郎はこう言いやがったんだ。おまえはロクでなしの汚い母親の子だから、どこまでいっても駄目なんだってな。俺のことはいい。どんなに馬鹿にされたってガマンする。だけど、お袋の悪口は許せねぇ。女手ひとつで一所懸命俺を育ててくれたんだ。ただひとり俺を大事だと思ってくれてたんだ。俺には高山の言葉がどうしても許せなかったんだ」

瞳《ひとみ》にはどす黒い憎しみが宿っていた。

夏希には横地が高山を刺した理由がはっきりわかった。

高山は横地のことを詳しく知っていたらしい。

「お母さんのこと……」

夏希の声はかすれた。

「親父が早く死んで、俺はお袋の手で育てられた。お袋はなんの資格も手に付いた技術もなかったから、風俗で働くしかなかった。高山はそんなお袋のことを罵《ののし》ったんだ。どうしても許せねぇのはお袋を『汚い』って言ったことだ。こんな野郎は死んじまえばいいんだ」

横地はつばを飛ばした。

「ひどすぎる」

あまりに残酷な言葉だ。夏希のこころは凍った。

「仕事のせいで夜は遅いし朝は早くて俺とはあんまり顔を合わせることもなかった。だけどな、朝起きると、給食費だとか教材費だとかちゃんと用意してあるんだ。で、メモが付いてる。『いいふりこくなよ』とか『けっぱれ』とかな。『いいふりこくな』

ってのは……」

横地の言葉を夏希はさえぎってしまった。

「わかります。『見栄《みえ》を張るな』とか『恰好《かっこう》つけるな』ってことですね」

夏希の声は少し高くなった。

なつかしい言葉である。

この言葉は子どもの頃によく年寄りが使っていた。横地の母親の世代はまだ使っていたのだろう。『けっぱれ』は『頑張れ』の意味だ。

「なんと、あんた道産子《どさんこ》なのかい？」

目を見開いて横地は聞いた。

「はい、函館の生まれです」

「そうかぁ。函館か」

横地は詠嘆するように言った。

「横地さんも北海道人なんですか」

確信していたが、夏希は念を押した。

「ああ、茂辺地《もへじ》だ。お袋は函館に働きに行ってた。むかしは午前〇時近くに茂辺地に着く汽車があったからな。いつもお袋は午前さまよ」

淋《さび》しそうに横地は答えた。

北斗《ほくと》市茂辺地は函館から列車で三五分ほどの位置にある海沿いの町である。かつては上磯町《かみいそちょう》であったが合併した、農漁業が中心の地域だ。

北海道新幹線の開業に伴ってＪＲ江差《えさし》線は道南《どうなん》いさりび鉄道となった。函館からの列車も減ったものに違いない。

「いいお母さんだったんですね」

「ああ、俺にはもったいないお袋だった。俺が一七のときに病気で死んじまったがな」

淋しそうに横地は言った。

「そうだったんですか」

夏希はついしんみりした声を出した。

「だからあんたをここに入れた」

横地は静かな声で言った。

「どういうことですか」

詳しい理由が聞きたかった。

「早く死んじまったから、お袋になにひとつ親孝行できなかった。残念でならねぇ。だけどあんたは親孝行だよ。俺がナイフ持ってんのに、お袋さんと交代するなんて言い出すんだからな。正直、俺は驚いたさ」

　横地はかすかに笑った。

　初めて見せた横地の笑いだった。

「母は六五歳です。それにこういうことには慣れていないので心配だったんです」

　これはまったくの本音だった。

　あの時点ではとにかく母が心配だった。

　まぁ、こういうことに慣れているのは冴美たちくらいしかいないだろうが。

「俺はあんたの親孝行ぶりに感じ入ったんだ。それにあんたのお袋さんはいい人だな」

　横地は意外なことを口にした。

「そうですか」

　夏希にはピンとこなかった。

「俺がちょっと指切ったのも心配してくれたし、そればっかじゃねぇ。この長江《ながえ》って女がキレて怒鳴り始めたとき、俺はもう少しでこの女を刺すところだった。あんたのお袋さんは長江をなだめて静かにさせた。それから俺に言ったんだ。『あんたはそんなに悪い人じゃない。人を傷つけるのがつらい人のはずだ』ってな。俺は本当は悪人だ。若いときにはとんでもなく悪いことをしてた。だが、そんな俺だって、この歳になって人を苦しめてきたことを後悔してる。あんたのお袋さんはいい人だと思う。あんたは幸せだな。お袋さんがまだ元気だからよ」

まじめな顔で横地は言った。

「ありがとう」

夏希はそれだけしか言えなかった。

母はウソが嫌いだ。その場の取り繕いだけで言葉を発せる人間ではない。

横地のなかに少しでも人間性を見いだしていたのだろう。

「どうしても高山は許せなかった。それで庭を舐《な》めるように掃除したから見てくれって言って声を掛けた。カウンターから出てきたところを刺してやったわ」

横地は愉快そうに笑った。

高山を刺したことに後悔の念は感じられない。

しかし、その後、立てこもったのは横地がよほど感情的になっていたからなのだろうか。

高山に怒りをぶつけるだけでいいではないか。

人質を三人もとって立てこもった理由としては希薄としか思えない。

きっとまだなにか事情があるに違いない。

「刺さなきゃならないような……なんで、そんな人のもとで働いてたんですか」

もっと早く逃げ出せばよかったではないか。

「仕方がなかったんだ」

横地は肩を落とした。

「そんな上司のもとで、つらい仕事に六年半も耐えたあなたなら、働き場所はいくらでもあるでしょう」

夏希の本音だった。横地は必ずしも無能とは言えなそうだ。

「ほかでは働けねぇからさ」

低い声で横地は答えた。

「どうしてです？」

「俺だって、雇ってくれるところがありゃ、こんな地獄みたいなところから逃げ出してたさ」

強い口調で横地は言った。

「なんで働き先が見つからないんですか」

しつこく夏希は訊《き》いた。

一瞬、横地は黙った。

「俺はな、前科もんなんだよ」

横地は唇を噛《か》んだ。

「そうだったんですか」

だが、指揮本部では犯歴データから横地の名は見つかっていないと言っていた。

立件されていなければ、世間が知ることはない。

「おまえらが前科なんてものを記録してるからさ」

恨みのこもった目つきで横地は夏希を見た。

やはりわからない。

「わたしたちは罪を償った人が、社会で生きてゆくことを願って仕事をしています」

返事に窮した夏希は、型どおりの言葉を口にした。

ともかく疑問は残る。

「口先ばかりのことを言うな。前科もんはゆるくないぞ」

横地はまたも北海道弁を使った。『ゆるくない』とは『きつい』というような意味だ。

「どんな仕事をしていたんですか」

なんの気なく夏希は訊いた。

「俺はお袋に死に別れてから大工の見習いになった。でも、親方のところでまずいことがあって一九の冬に飛び出しちまった。それからは、札幌《さっぽろ》に出ていろんな仕事を転々としたよ。鮭缶の工場、昆布干しの手伝い、牧場の手伝い、測量助手、東京へ出てからはビル清掃、風俗店の呼び込み、運送業の下働き……なんでもやった」

薄笑いを浮かべて横地は答えた。

「測量助手ってどんな仕事なんですか」

見当がつかなかった。

「あのさ、むかしの北海道では多い仕事だったんだ。道路を作ったり、拡幅したりする現場での仕事が多かった。赤白の測量ポールってのがあんでしょ、あれ持って藪《やぶ》んなかとか入ってくのよ。怖いんだ。ヒグマやらスズメバチやらがいるかもしんねぇから。測量士さんたちは道路とか問題のないところにいるんだな。で、俺たち助手に『あのシラカバの右横に立て』とか指示するんだ。あるとき幌延町《ほろのべちょう》の天塩川《てしおがわ》河跡湖近くでね、藪のなかでガイコツ見つけちゃってさ。大騒ぎになったこともあんのよ。しゃれこうべ蹴《け》っ飛ばして気づいたんだ。何日か夜も寝られなかったよ。ありゃあ、ほんとに嫌な仕事だった」

泣き笑いのような表情で横地は答えた。

幌延町は北海道でも道北の寒い町である。町の真ん中を北緯四五度線が通っていて、西側にはサロベツ原野が広がっている。

「大変な仕事が多かったんですね」

それなりに恵まれた勤務医の仕事からも逃げ出した夏希には、想像もつかない苦しい日々だったに違いない。

「だけど、世の中ってのはロクなもんじゃあねぇ。俺たちみたいな雑魚《ざこ》はどこ行ってもちょっとしたことで首を切られる。前科を言えば雇ってくれないところが多い。前科を言っても雇っててくれるようなところは、いちばん最初の首切り要員さ。ちょっと不景気になると、まずは俺たちから切られるんだ。それに前科を隠していても、どこからか見つけ出して告げ口する人間だっているんだ」

横地は顔をしかめた。

「性格悪い人がいるんですね」

あきれながら夏希は言った。

「たしかに性格は悪い。だけど、意地悪ってわけじゃないんだなぁ」

複雑な笑いとともに横地は言った。

「意地悪じゃないんですか？」

夏希にはわけがわからなかった。

前科を調べて告げ口するなど、意地悪そのものではないか。

「告げ口するヤツだっていつ切られるかわからないから、俺のことを下げといて先に切らせるようにしてるんだ。つまりさ、生存競争さ。最下層の人間たちのね。恨んでばかりもいられないよ。俺だって、同じ職場の人間の悪口を告げ口したことあるからね」

開き直ったように横地は言った。

「生存競争……」

夏希は言葉を失った。

「ま、俺みたいな人間は、最初から負けてんだけどね」

自嘲《じちょう》するように横地は笑った。

「それで、どうしてこのホテルに」

返す言葉がなくて、夏希は話題を変えた。

「七年ばかり前、小田原競輪場で偶然に高山に会ったのが大失敗さ。この野郎は古くから知っている。俺の前科もわかってる野郎だ。高山には絶対に会いたくなかった。だけど会っちまったんだよなぁ。それで、困ったら働き先を世話してやるって言うんだ」

唇を歪《ゆが》めて横地は言った。

「それですぐにこちらに勤めたんですね」

夏希の問いに横地は首を横に振った。

「いや、俺からは連絡しなかった。高山の野郎がロクデナシってことは知ってたからな。近づかないほうが無難だと思ってた。そしたら、こいつから電話してきた。自分が箱根でスタートするリゾートホテルで支配人としてつとめることになった。人手が足りないから来いって誘われたんだ。嫌だったけどね、その頃、俺はいろいろと借金してさ。家賃が払えなくてアパート追い出されそうになってたんだ。ホテルに来れば社員寮もあって住むところには困らないって言うし、仕方なしに勤めたんだ。だが、それから六年半は地獄さ。高山は俺の前科を知ってるもんだから、そいつをタネに俺を荒っぽくこき使いやがったんだ。だけどな、俺がやめたとしても、次の勤め先に前科をバラすって脅すんだよ。だから、出て行けなかった。なんのことはない。俺は高山の奴隷にされたようなもんさ」

横地は唇を突き出した。

「あなたが高山さんを刺したことは法的には許されません。でも、高山さんの行為も脅迫罪などを構成する可能性があります。あなたは高山さんを告訴できるかもしれません」

夏希の言葉に、横地は不愉快そうな顔つきになった。

「そんなことしてなんになるんだよ。俺が生きてく場所が生まれるってわけじゃないだろ。もういいんだよ。俺には行き先がないんだ」

ふて腐れた声で横地は答えた。

横地が困り果てていることが伝わってきた。

しばしの沈黙が続いた。

「ねぇ、横地さん。こんな状態を続けていても仕方がないと思いませんか」

夏希は思い切って切り出した。

「なんだと……」

尖った言葉とは裏腹に横地は困ったような顔をした。

「わたしの想像だけど、勢い余ってこんなことになっちゃったんじゃないんですか。高山さんを刺したい気持ちはあったでしょう。でも、本当に向井さんや長江さん、うちの母を人質に取るつもりなどなかったのではないですか」

夏希はズバリと本質を突いた。

「だけど、俺は世間に顔を出せない人間なんだ。だから出て行けない……」

苦しげに横地はいくらかズレた答えを返してきた。

「たとえば、あなたは向井さんを憎んでいるのですか？」

いままでの会話などから、横地に高山以外の人質への憎しみなど存在しないと確信していた。

「いや、別に憎んじゃいない。向井は俺になんの関心もなかったみたいだ。だが、別に嫌なことをされたわけじゃない」

横地は素直に答えた。

麻菜がせわしなく何度もうなずいた。

「ましてただ泊まりに来ただけの長江さんに恨みや憎しみなんてあるわけないでしょ」

畳みかけるように夏希は訊《き》いた。

「あたりまえじゃねぇか。俺はあの女の名前だって知らなかったんだ」

横地はさらりと答えた。

「もういいじゃない。みんなを解放して」

夏希は横地の目を覗《のぞ》き込むようにして言った。

「だがね、真田さん。俺は警察に捕まるわけにはいかないんだ」

暗い声で横地は答えた。

「どういうことですか」

逮捕されたくないという気持ちを持つのはあたりまえだが、それだけのことではなさそうだ。

「俺が高山を刺したことが世間に出ると、ヤバいことになるんだ」

横地は肩をすぼめた。

「意味がわかりませんけど……」

夏希は首を傾げた。

「詳しいことは言えない。だが、俺はきっと殺される」

ぶるっと身震いして横地は答えた。

意外な答えに夏希の声は裏返った。

横地の顔は真剣だったが、警察に逮捕されれば誰かに殺されるなどということはあり得ない。

「いったい誰にですか?」

信じがたい思いで夏希は問うた。

「それも言えない。だが、俺を殺しに来るヤツがいる。必ず俺は殺される」

横地はまた身震いした。

「あなたがここを出たら、警察はすぐに身柄を守りますよ。殺されるはずがありません」

ごく当たり前のことを夏希は告げたが、横地は首を横に振った。

「いや、どんな狭い隙間からも、入り込んで俺を殺すやつがいる」

よく見ると、横地の額に汗が滲《にじ》んでいる。

本当に恐怖を感じていることがわかる。

「そんなバカな……あなたは警察によって守られます」

夏希はきっぱりと言い切った。

「だってよ。聞いた話じゃ、刑務所の中ですら殺しがあるって言うじゃないか。たとえば留置場なんかで殺される人間はたくさんいるって話だぜ。自殺に見せかけてよ」

横地はまじめな顔で言った。

「そんなの都市伝説ですよ」

夏希は一笑に付した。

たしかに警察の留置場で身柄を拘束されながら、被疑者が自殺したケースはいくつかある。

しかし、外部の力が介入できる余地はないと夏希は信じていた。

「高山を刺してから俺は気づいたんだ。警察に捕まるのはヤバいって……だから、電話にも出なかった。ここのメアドも向井に消させた」

横地は真剣な顔で言った。

「それが呼びかけを拒んでいた理由だったんですか」

夏希は低くうなった。

何者かへの恐怖が、いっさいのコミュニケーションを拒否してきた理由だったのか。

横地は被害妄想に陥っているのではないか。

ここまでの会話で、横地の精神状態に病理的なものは感じなかった。

しかし、自分が殺されるという主張は妄想としか言いようがない。

「俺は知恵が足りなかった。怒りにまかせて高山を刺したりすれば、俺自身がヤバくなることがわかってなかったんだ。俺は殺される」

うわごとのように横地は言った。

「そんなことはあり得ません。あなたの身柄はわたしたちが守ります」

夏希はきっぱりと言い切った。

「じゃあ、警察は俺が殺されないって保証するか」

上目遣いに横地は訊いた。

「保証しますよ」

しっかりと夏希はうなずいた。

「本当だな」

しつこく横地は念を押した。

「はい、約束します……わたしたちを解放してくれませんか」

ゆっくりとした口調で夏希は頼んだ。

「だけどなぁ」

横地は煮え切らぬ声を出した。

「あなたはまだ誰も殺してない。いまならまだ引き返せます」

夏希は説得の視点を変えた。

「そうか……そうだな」

ハッとしたような顔で横地は答えた。

「引き返しましょう。まだ間に合います。高山さんにも治療を受けてもらいましょう」

夏希は言葉に力を込めた。

「うーん」

悩む横地の気持ちが伝わってくる。

「逮捕監禁致傷罪は三月以上一五年以下の懲役が法定刑です。高山さんの脅迫的な言辞は減刑の理由として考慮されるでしょう」

どのような量刑となるかは裁判次第である。

夏希には予想できなかったが、横地にも同情すべき点がないわけではない。

「もし、死亡結果が伴うと二年以上二〇年以下の懲役と刑はずいぶん重くなります。いまならまだ間に合います　引き返しましょう」

強い口調で夏希は説いた
「刑務所か……。どうせこの世に身の置き所がない俺だからな」

あきらめたような口調で横地は言った。

肯定できる言葉ではないが、人質を解放するつもりになっているなら無下に否定すべきではない。

「いずれにしてもこのままじゃあなただって困るでしょう」

誘うような口調で夏希は言った。

「正直、困っている」

そうだろう。横地には逃げ道はない。投降する以外には破滅しか待っていないのだ。

「じゃあ、とるべき道はひとつしかないと思います。勇気を持ってください」

夏希は横地の目を見据えてはっきりと言った。

「勇気だって？　いったいなんの勇気だ」

横地は首を傾げた。

勇気という言葉は横地にはふさわしくなかったと夏希は反省した。

「警察に身をまかせる勇気です」

この言葉は通じたようだ。横地はかるくうなずいた。

「わかった。俺はあんたが信頼できる人間だってわかった。あんたはやっぱりあのお袋さんの娘だ。正直もんとウソつきは俺にはわかる。さんざん嫌な目に遭ってきたからな」

横地は力なく笑った。

「わたしはウソは嫌いです」

夏希は一語一語明確に発声した。

精神科医をしていた頃を含めてウソをつくことが必要な場合はあった。

患者のこころを守るために、ウソをつかざるを得ない場合も多々あった。

しかし、夏希はウソが嫌いだ。

もしかすると母からの遺伝なのかもしれない。

「そうだよ、あんたはウソつきじゃない。だからあんたを信じる。俺は警察に捕まるよ」

ようやく横地はその気になってくれた。

「ありがとうございます」

肩の荷を下ろした気がして、夏希は深く頭を下げた。

「なんで礼を言うんだ？」

ぽかんとした顔つきで横地は訊《き》いた。

「わたしを信じてくれたからです」

夏希は横地の目をまっすぐに見て答えた。

横地はなにも言わずにニッと笑った。

「では、わたしが最初に出し、外にいる仲間たちに連絡します。横地さんはここで待っていてください」

さっそく夏希は横地に指示した。

「外に警官がいたのか」

ちょっと不愉快そうに横地は言った。

夏希にとってこの反応は想定内だった。

「ええ、ずっと待機していました」

落ち着いた声で夏希は答えた。

「なんだか裏切られたみたいだな」

横地は不満げに唇をチュッと鳴らした。

「でも、突入してこなかったでしょ。わたしだってあなたの許しがあったから、ここへ来たんです。警察は最初からあなたを傷つけようとは思っていなかったのです。不測の事態に備えるためです」

夏希は誠意を尽くして説明した。

「わかったよ……立ってくれ」

横地はあきらめたように言って夏希を立たせた。

夏希を縛《いまし》めていた縄をささっと解《ほど》いた。

「これもあんたに渡しとくよ」

横地はナイフを注意深く夏希に渡した。

「お預かりします」

夏希はハンカチで柄を包んで摑《つか》んだ。

「向井さん、長江さんのお二人は、その場でお待ちになってください」

夏希は二人の女性にやさしく声を掛けた。

「わかりました」

「待ってます」

向井たちの声には明るさが戻ってきた。


【3】


夏希はエントランスのドアを開けた。

「わたしが先に外に出ます。お呼びするまで、横地さんはそこにいてください」

夏希は一歩外に出た。

森の香りが夏希の鼻腔《びこう》に忍び込んできた。

あたりはすでに真っ暗だった。

ファイバースコープでは《芦ノ湖ホテル》の建物側しか見ていなかったので反対側は初めての景色だ。

本来は屋外の照明で明るい場所なのだろうが、現在は建物内からの弱い灯《あか》りでぼんやりと見える。

ちいさな前庭が広がっていて、その向こうに前線本部として借りている《オーベルジュ湖尻》に続く五〇メートルほどの歩道があるはずだ。

さらに階段を下りれば指揮車が駐《と》まっている駐車場だ。

人の気配はまったく感じられない。さすがはＳＩＳの隊員たちだ。

素人の夏希には六名の隊員が配置されていることはまったくわからなかった。

「真田ですっ」

大きな声で夏希は呼びかけた。

どこからかフラッシュライトが夏希に向けられた。

「青木です。真田分析官ですね」

林の陰から青木副隊長の声が返ってきた。

「はい、そうです。横地さんは投降します。ナイフは預かりました。こちらに武器は向けないでください」

夏希は声を励まして叫んだ。

「了解ですっ。おい、全員のその場で待機っ」

青木の叫び声が響いた。

隊員たちがかすかな衣擦《きぬず》れの音を立てた。

「横地さんを連れてきます。人質の方ともども丁重に扱ってください」

言葉と同時に夏希はきびすを返して建物内に入った。

よろよろとした感じで横地が歩み寄ってきた。

「では、横地さん、行きましょう」

夏希は横地の左の二の腕をかるくつかんだ。

横地はなにも言わずされるがままになっていた。

ふたたび外へ出ると、六人の隊員は青木を中心に半円状に並んでいた。

ゆっくりと夏希は横地を隊員たちの前に連れていった。

「これを預かりました」

夏希は青木にナイフを渡した。

「了解致しました。預かります」

青木は神妙な顔つきでナイフを受けとった。

「申し訳ありませんでした」

横地は深々と頭を下げた
「横地吉秋、午後六時二分　あなたを逮捕監禁の疑いで緊急逮捕します」

青木が進み出てはっきりとした発声で告げた。

横地はうなだれていた。

「手錠掛けますよ」

おだやかな声で青木は言った。

横地は黙って両手を差し出した。

金属音が響いた。

「救急隊を建物内へ」

夏希が叫ぶと、すぐに二名の救急隊員がストレッチャーを引いて現れた。

「わたしは医師資格がありますのでケガを診ましょうか」

せわしなく夏希は救急隊員に声を掛けた。

「ありがとうございます。医師が下で待機しています」

背が高い方の隊員が頼もしく答えた。

二人は建物内に消えた。

高山の処置は待機している医師にまかせるとしよう。

「人質があと二人います。救出しなくちゃ」

夏希は誰にともなく叫んだ。

「おい、津川《つがわ》と五代《ごだい》。おまえらが行けっ」

青木は手短に指示した。

「了解っ」

「直ちにっ」

若い隊員が駆け込んでいった。

「青木より、隊長。被疑者の横地吉秋を緊急逮捕しました」

ヘッドセットのマイクに向かって青木は張りのある声で報告した。

スピーカーにつながっていないので、冴美の返事は聞こえなかった。

「了解、人質の救出を優先し、その後、横地の身柄を駐車場まで運びます」

青木は通信を終了した。

すべての処理を指示した夏希は、へたへたとその場に座り込んでしまいそうだった。

緊張が続く横地との会話は夏希を芯《しん》まで疲れさせていた。

ストレッチャーで高山が運び出されてきた。

高山は目をつぶっていた。あるいは眠っているのかもしれない。

「患者の血圧や心拍数は安定しています」

救急隊員のひとりが通り過ぎるときに夏希にささやいた。

気を遣ってくれたようで、ありがたかった。

向井と長江は、それぞれ若いＳＩＳ隊員に肩をあずけてよろよろと出てきた。

二人は夏希に頭を下げて通路へと向かった。

暗がりから二つの人影が現れた。

指揮車にいた冴美と杉原だ。

「真田さん、すごいすごい」

冴美が派手な声を上げて近づいてきた。

「島津さん……終わった」

気抜けした声で夏希は答えた。

「あなたならきっと成功すると信じていました。真田さんはきちんと人のこころに向き合えるから」

冴美は手放しで褒めた。

「いいえ、彼が説得に応じてくれてよかったです」

夏希が手錠姿の横地に顔を向けると、はにかんだような顔であごを引いた。

暗がりからしゅるっと出てきた黒い影が夏希の膝《ひざ》のあたりに前足を掛けてきた。

「アリシア！」

続けてアリシアは夏希の太ももあたりに身体をこすりつける。

ふぅん、ふぅんというちょっと甘えたような鼻息が聞こえる。

ずっとアリシアは夏希に身体をこすりつけている。

「来てくれたのね」

こころのなかにあたたかいものがじわっと湧き上がってきた。

「今回は役に立たなくてよかったよ」

すぐ後ろで鑑識活動服を着た小川祐介《ゆうすけ》が立っていた。

「小川さん、ありがとう。遠かったでしょ」

夏希は笑顔で礼を言った。

「アリシアはやる気まんまんだったんだぜ。真田を救おうって鼻息が荒かった」

照れたように小川はそっぽを向いた。

「嬉《うれ》しいよ。アリシアに会えて。疲れも吹っ飛んだ」

危険な場面に駆けつけてくれたアリシアにこころから感謝した。

「お役御免だから、俺たちは帰るよ」

小川はリードを引っ張った。

アリシアは夏希の顔を名残惜しそうに眺めている。

もう一度リードを引っ張られると、あきらめたように頭を地に向けた。

「アリシア、小川さん。またね」

夏希はアリシアと小川に精いっぱい手を振った。

「いい子ねぇ。ほんとに」

冴美もアリシアに手を振っている。

「お母さまは医師の診察を受けてから、湖尻南ターミナルでお待ちです」

明るい顔で冴美は告げた。

夏希は安堵《あんど》の吐息をついてから訊《き》いた。

「母は元気ですか」

「はい、診察したお医者さまもまったく心配ないっておっしゃっていました」

冴美はにこっと笑った。

「織田さんたちはどうしました？」

織田は湖上で待っていると言っていたが、桟橋に戻る必要はなかった。

「お母さまをいったん港までお送りしてから、この沖合にアンカリングしていました。確保の連絡を受けてふたたび湖尻南港に向かっています」

「あとできちんと報告しなきゃ」

夏希の言葉に冴美はうなずいた。

「さ、ここの後始末は杉原にまかせて、下へ下りましょう。杉原、捜一が来るまでここ頼みますよ」

冴美の言葉に杉原は挙手の礼で応《こた》えた。

「おまかせください」

杉原は建物に駆け込んでいった。

複数の救急車サイレンが遠ざかっていった。

高山はもちろんだが、向井と長江もとりあえずは病院に搬送したのだろう。

向井たちを救急車まで連れていったＳＩＳの津川と五代が戻ってきた。

横地を取り囲んでいる青木と四人の隊員が冴美の指示を待っている。

「では行きましょうか」

冴美が先に立って歩き始め、夏希も並んで前庭から通路へと出た。

すぐ後ろに青木たち隊員に囲まれた横地が従《つ》いて来る。

うつむいているかと思いきや、顔をまっすぐに起こして、無表情に歩いている。

もはや観念しきったというところだろうか。

この通路は茶系のレンガタイルを敷き詰めたペーブメントとなっていて、ところどころに青銅のクラシカルな街灯が設けられている。

かたわらには色とりどりのバラの花が咲いていて雰囲気がよい。

舗道に敷かれているタイルの種類がセージ系の色に変わった。ここからは《オーベルジュ湖尻》の領域のようだ。

前線本部として借りていた建物は照明も落ちていて人影もなかった。

建物を通り過ぎると、駐車場に下りる階段となった。

眼下には指揮車や機材運搬車のほか二台のパトカーが停まっている。

さらに一台のシルバーメタの四輪駆動バンが見えた。

夏希たちは階段を下り始めた。

ちいさな踊り場で立ち止まる。

そのときだった。

なにかが破裂するような音が聞こえた。

まわりの山々に反響する。

「うぎゃ」

奇妙な悲鳴が上がり、どさっとなにかが倒れるような音が聞こえる。

一瞬、なにが起きたかわからなかった。

「伏せろっ」

冴美が叫び、夏希はその場にうつ伏せになった。

それきり静寂があたりを包んだ。

「横地さんっ」

三秒ほどして、冴美のこわばった声が響いた。

振り向くと、青木ともう一人の隊員が左右から横地を抱きかかえていた。

「きゃあっ」

夏希は頬に両手を当てて叫び声を上げた。

仰向《あおむ》けに倒れた横地の額のまん中からうっすらと煙が上っている。

「撃たれた……まさかそんな……」

かがみ込んだ冴美が目を見開いている。

夏希は感情を抑え込んで、横地の状態を確認しようとした。

手首を取っても脈搏《みゃくはく》は確認できなかった。

胸や腹をしばらく見てもまったく動かない。呼吸をしていないことは明らかだった。

「誰かライトを貸して」

震える声で頼むと、隊員の誰かがフラッシュライトを渡してくれた。

夏希は指で横地の閉じられた瞼《まぶた》を開いて、瞳孔《どうこう》の状態を確認した。

瞳孔は完全に散大して対光反射もなかった。

「横地は死亡していると判断します」

こわばる声で夏希は、横地の死亡を宣告した。

「青木、五人で周囲を捜索してっ」

厳しい声で冴美は命じた。

「了解です。手分けして捜索しますっ」

青木が答え、五人の隊員は階段の上下に散った。

「誰がこんなこと……わたしの責任だ」

屈《かが》んだまま、冴美は苦しげな声を出した。

だが、冴美のせいではない。


――じゃあ、警察は俺が殺されないって保証するか。


上目遣いに訊いてきた横地の表情が浮かんでくる。

夏希は保証すると答えた。

約束を破ってしまったのだ。

横地に立てこもりをやめさせたことは絶対に正しい。

この死は何者かの凶手によるもので、もちろん夏希に直接の責任はない。

しかし、横地が主張していたことは被害妄想などではなかったのだ。

彼の言葉を信用して、もっと慎重な連行をしていれば横地は死なずにすんだ。

夏希には激しい悔いが残った。

「わたしの責任です。わたしは横地との約束を守れなかった」

夏希は低い声で言った。

「どういうことですか」

冴美は顔を上げて夏希を見た。

「横地は自分は殺されるって怯《おび》えていたんです」

夏希はさっき、横地が自分に話していたことをかいつまんで説明した。

「そうなんですか……」

考え深げに冴美は言葉を呑《の》み込んだ。

「織田部長につないでください。特殊の島津です」

冴美はスマホを取り出し織田に現在の状況を連絡した。

「織田部長はいま湖尻南ターミナルです。とても驚いていらっしゃいました。静岡県警にも依頼して広域緊急配備を掛けるそうです。箱根からの下山口のすべてに検問所を設置するとのことです」

電話を切った冴美は淡々と説明した。

「どちらに逃げたのでしょうね」

夏希は浮かない声で言った。

箱根は厄介な土地だ。小田原市や湯河原町はもちろん、御殿場《ごてんば》市や裾野《すその》市、三島《みしま》市や熱海《あたみ》市といった静岡県域にも下りることができる。それでいて警察官が駆けつけるには時間が掛かる。緊配を張っても、狙撃犯《そげきはん》がそう簡単に網に引っかかるとは考えにくい。

「なにがあったんだ」

下のほうからよく通る男の声が響いた。

アップルグリーンのマウンテンパーカーを着た男が階段を駆け上がってきた。

上杉輝久《うえすぎてるひさ》だった。

刑事部根岸《ねぎし》分室長……とは言っても部下はひとりしかいない。

「上杉さん……」

夏希は驚いて上杉の顔を見た。

「すっかり出遅れちまった　織田……いや織田部長から連絡もらってな。事件解決おめでとう。さすがは真田だな。だが、いま銃声らしき音が聞こえたぞ」

上杉は夏希の顔をじっと見て訊《き》いた。

「犯人の横地吉秋が何者かに射殺されたんです」

夏希は暗い声で答えた。

「なんだって！」

上杉は目を大きく見開いた。

「夏希さん、無事でよかった」

後には紗里奈《さりな》も続いていた。

織田と上杉が愛した同期キャリアだった五条香里奈《ごじょうかりな》の妹で、いまは上杉のたったひとりの部下となっている。

雪の結晶を描いた白系のフリースジャケットを着ている。

内側に防水透湿素材のフィルムが入っていて雨風にも強いタイプだ。夏希も一枚ほしいと思っている。

そんな恰好《かっこう》をしている紗里奈は、とても警察官には見えない。

芦ノ湖に遊びに来た女子大生かなにかのようだ。

「紗里奈ちゃん、来てくれてありがとう」

なるべくにこやかに夏希は言った。

「立てこもり犯人が射殺されたのね」

冷静な表情で紗里奈は言った。

「そうなんだ。どこから撃ってきたのかわからないんだよ」

夏希は眉根《まゆね》を寄せた。

紗里奈は冴美に向かってていねいに頭を下げた。

「すみません、根岸分室の五条と言います。ちょっとホトケさん見せてもらえますか」

声を掛けられた冴美は、紗里奈の顔を見てやわらかい声で言った。

「はじめまして。特殊の島津です。根岸分室って上杉さんのとこですよね？」

「はい、そうです」

紗里奈はちょっと緊張した声で答えた。

「冴美ちゃん、彼女は俺のただひとりの部下だ」

横から上杉が親しげな声で言った。

冴美と上杉は古い知り合いで個人的に親しいと以前の事件で知った。

かつては友人以上恋人未満の関係だったと夏希は捉《とら》えていた。

「部下ができたって噂には聞いてますよ。こんな若い方だったのね」

あたたかい目で冴美は紗里奈を見た。

「彼女、元鑑識なんだ。ちょっと見せてやってよ」

おもねるような口調で上杉は頼んだ。

事件現場では鑑識作業が終わるまで一般の刑事は手を出せない。

「後から小田原署の鑑識さんが駆けつけます。怒られない程度にどうぞ」

口もとに笑みを浮かべて冴美は許した。

「ありがとうございます」

紗里奈は踊り場の床に両膝《りょうひざ》をついて横地の遺体を覗《のぞ》き込んだ。

「夏希さん、この人、即死なんですよね」

紗里奈は背中で訊いてきた。

「そうね。即死と言って間違いないでしょう」

夏希は暗い声で答えた。

「やっぱりそうですか」

紗里奈は遺体を検分しながらうなずいた。

やがて紗里奈は遺体と向き合うのを終えて、周囲を何度か見まわした。

「これ、上の県道方向から撃ってますね」

夏希や冴美を見ながら紗里奈はぽつりと言った。

「どうしてそんなことがわかるの?」

冴美は不思議そうに訊いた。

「即死ってことは、脳幹に近いところを撃たれてると思うんですよ。銃創が残っているのは眉間《みけん》ですよね。ここに弾を当てて即死させる場合には、斜め四五度から狙う必要があるんですよ。だけど西側の四五度は空中じゃないですか」

紗里奈は遺体に向かって右の西側の空間を指さした。

たしかに仰臥《ぎょうが》している遺体の西側にはなにもなく、数十メートルのあたりに湖水が広がっているだけだ。

「だから東側です。上の県道方向から撃ってますね。おそらくはあの林のなかからです。弾道検査すればはっきりするでしょうけど」

紗里奈は東側を指さした。

急斜面の林が左右に延びている。林の向こう側には県道七五号が走っている。

「へぇ、紗里奈ちゃん、すごい」

夏希は素直な感嘆の声を上げた。

紗里奈は本部の機動鑑識第一係に勤務していたが、彼女の能力を妬《ねた》む先輩たちのいじめに耐えかねて警察を辞めようとしていた。

彼女を子どもの頃から知っている上杉はその能力を惜しんで、根岸分室に引き取ったのだった。

紗里奈のこうした能力を間近に見るのは夏希にとっては初めてのことだった。

「ただ、アサルトライフルのような狙撃銃なら、こんな銃創ではすまないでしょう。頭が半分吹っ飛びますよ。たぶん、口径のちいさい狩猟用ライフル銃ですよ。確実に殺していますから、かなり技術が高い者の仕業だと思います。狙撃犯は本格的な訓練を受けた者と推察します」

思慮深げに目をパチパチさせながら紗里奈は言った。

「狙撃犯は県道七五号を逃走中の可能性が大きいわね。織田部長に連絡します」

冴美はスマホを手に取ってしばらく話していた。

「織田部長が、真田さんには湖尻南ターミナルまで戻ってほしいとおっしゃっています」

電話を切った冴美は夏希に向かって告げた。

「あ、はい。すぐに行きます」

夏希の言葉にかぶせるように上杉が口を開いた。

「俺が送ってくよ。織田にも会いたいからな。紗里奈は用が済んだらターミナルまで歩いてこい」

「了解です。歩いているところで誰かに襲われたら助けに来てくださいね」

紗里奈はひとりでウケて笑い声を立てた。

「自分でなんとかしろ」

わざと素っ気なく言って上杉はきびすを返して階段を下り始めた。

横地を殺された悔しさを残しながら夏希は後に続いた。

覆面ランクルであっという間に三角形の大屋根の目立つ湖尻南ターミナルに到着した。

【4】

入口は遊覧船のチケット売場になっていて、二階のレストランへ続く階段が設けられている。

制服警官がひとり立哨《りっしょう》していた。

「真田分析官でいらっしゃいますね」

若い巡査は丁重な口調で訊《き》いた。

「そうだ。県警随一の心理分析官だから覚えておけ。俺は根岸分室の上杉だ」

夏希に代わって上杉が答えると、巡査は目を白黒させてうなずいた。

「ご案内します」

制服警官が先に立って部屋の奥の廊下を進みスチール扉を開けた。

控え室なのか休憩室なのか、ガランとした六畳くらいの小部屋だった。

奥に横長の茶色い革のソファがあった。

ぽつねんと座っているのはセーター姿の母だった。

「夏希！」

母は立ち上がりながら夏希に向けて両手を開いた。

「お母さん」

夏希は駆け寄っていって抱きついた。

母も夏希の背中に手を回した。

こうして抱き合うのは子どものとき以来ではないだろうか。

母の体温を全身で感じながら、夏希は泣きそうになった。

「夏希が無事だって話は織田さんから聞いてたんだ。こっちへ帰ってくるのを待ってたよ。本当によかった」

身を離して母は涙声で言った。

「心配掛けちゃったね」

夏希は肩をすぼめた。

「なに言ってんの。あなたはわたしを助け出してくれたんじゃないか」

母の声ははっきりと潤んでいた。

「へへへ、仕事だよ」

照れくさくなって夏希は笑った。

「大変な仕事だね。危ないから辞めてほしいというのが母親としてのわたしの本音だよ。でも、夏希の力で高山さんや向井さんと長江さんも救われたんだよね。ほかの人のために危険を顧みずに自分の力を尽くせる夏希をわたしは誇りに思う。夏希はわたしの自慢の娘さ」

母は夏希の目を見つめてはっきりとした発声で言った。

そんなことを言える母が夏希にも誇らしかった。

「まぁ、今回みたいなことは滅多にないから。あんまり心配しないで」

母を安心させようと夏希は言った。

身の危険を感じたことは何度もあるが、母の前ではこれからも伏せていこう。

「わかった。わたしはふだんはあなたの仕事を忘れることにするよ」

母はうなずいたが、とつぜん照れくさそうな顔になった。

「夏希、ごめん。わたし謝らなきゃ」

頭を掻《か》いて母は言った。

「なにを謝るっていうの？」

夏希には見当が付かなかった。

「お医者さんに言われてたお弁当食べちゃったの。食べなきゃダメって怒られてね。お腹も空《す》いてたし……」

情けない声で母は言った。

「医師が食べろというのなら、食べるべきだったんだよ」

朝食の後はなにも食べていなかったのだから、低血糖状態だったのだろう。

「だけどさ、夕飯を一緒に食べようって夏希と約束したのに……」

母は肩をすぼめた。

「そんなの、どっちでもいいって」

涙が出そうになるのをグッとこらえて、夏希は静かに言った。

「根岸分室長の上杉と申します。今回は大変でしたね」

上杉は丁重に名乗った。

「まぁ、いつも娘がお世話になっておりまして……」

笑顔で母は頭を下げた。

「いえいえ、お世話になっているのはこちらのほうです。真田さんの力でずいぶん助けられました。娘さんは神奈川県警の宝です」

冗談でもなさそうな顔で上杉は言った。

「まぁそんな」

母は少しのけぞった。

「上杉さん、盛り過ぎだから」

夏希が笑うと上杉も笑い出した。

「じゃあ、少し減らして受けとってください」

この言葉に母も笑い出した。

三人の笑いが消えると、短い沈黙が室内に漂った。

「あの人……犯人の横地さんは捕まったんでしょ」

ぽつりと母が訊いた。

「うん、でも亡くなったんだ」

夏希は苦い思いで答えた。

「え？　亡くなったの？」

母は両の瞳《ひとみ》を大きく見開いた。

「そう……警察のせいじゃない。わたしが説得して投降したから……でも、詳しいことはまだ言えないんだ」

夏希は正直に答えた。

「そんなに悪い人には見えなかったけど」

しんみりとした声で母は言った。

「お母さん、あの人に見覚えがあるって言ってたよね」

これは確認しておかなければならない。

「そうなの、後からゆっくり考えてみたの。夏希は朋花ちゃんの事故を覚えてるよね」

母はいきなり意外な話を持ち出してきた。

「忘れるわけないじゃん」

ある意味でいまの夏希の歩く道を作っている事故だ。一日たりとも忘れたことはない。

「あの人ね、朋花を撥《は》ねたトラック運転手に似てるのよ。あれから二〇年ほど経っているから年頃もあれくらいだろうし」

夏希の目をしっかりと見つめて母は言った。

「えー！　本当？」

さすがに驚きの声が出た。予想もしていなかった。

「でもね、テレビや新聞報道で見た顔だからはっきりとは言えない。恭美ならわかるかな」

母は自信なげに言った。

恭美は母の年子の妹で朋花の母親である。

朋花の死後しばらくして七飯町にいるのが嫌になって、夫と二人渡米した。夫婦で朋花の思い出が残る土地で暮らすことに耐えられなかったようだ。

恭美は若き日はCAだったし、夏希の叔父《おじ》に当たる朋花の父、武藤益也《ますや》は英語の教員だった。益也が母の元同僚だった縁で二人は知り合って結婚したのだ。

二人とも英語は堪能《たんのう》だったのだ。

いまはオレゴン州でちいさなスーパーマーケットを経営している。

「あの頃、被害者参加制度なんてのがなかったから、恭美も裁判には参加できなかった。わたしは学校の仕事が忙しくて傍聴にも行けなかったからね。ただね、横地なんて名前ではなかったんだよ。そう、梶川《かじかわ》って男だった。他人のそら似だろうね」

自分に言い聞かせるように母は言った。

「それ以上のことは覚えてないのね」

夏希は念を押した。

「恭美や益也さんはもう少し詳しいことを覚えてるはずだけど、あのことで日本を捨てたくらいだからね。簡単には連絡したくないんだよ」

しんみりとした声で母は言った。

必要が出てきたら国際電話を掛けるかもしれないが、いまはその時ではないだろう。

「お母さん、今夜はどうするの？」

肝心なことを夏希は訊《き》いた。

旅行の予定は大幅に狂っただろう。

「わたしね、今日は強羅《ごうら》に泊まろうと予約とってたんだけど、キャンセルするしかなかったんだよ。それで明日《あした》は鎌倉《かまくら》に遊びに行こうと思って横浜に宿もとってあるのよ。

それを話したら、織田さんが今夜の宿を湯本《ゆもと》に予約を入れてくださってね。朝ご飯も食べられるし、大きい露天風呂《ろてんぶろ》があっていい宿なのよ。そのうえ、宿まで送ってくださるって」

嬉《うれ》しそうに母は言った。

「あいつはそういうことには気が回るんですよ」

上杉は皮肉っぽい口調で言った。

「織田さんは本当に親切ですよ。織田さんはえらいんでしょ?」

無邪気な調子で母は訊いた。

「まぁ、神奈川県警で上のほうの一〇人には入るね」

本部長の下に部長が七人いるから、まぁそんなものだろう。

「それなのに、あんなにやわらかくてすごい人だね」

驚いたように母は言った。

「そうね、わたしはずっと織田さんのもとで働いてるんだよ」

まぁ、サイバー特捜隊に異動してから後のことだが。

「いい人が上司でよかったね」

母は明るい声で言った。

上杉はそっぽを向いている。

笑いをこらえて夏希は母に言った。

「じゃあ、わたしは今夜は自分の家に帰るね。明日も朝早くから仕事だから」

横地殺しの捜査が忙しくなるかもしれない。母とのんびりすごす時間はないだろう。

「ゆっくり会いたかったけどね。仕事じゃあ仕方がないね」

母は残念そうに口を尖《とが》らせた。

「帰れたらお正月は函館に帰るよ」

しばらく函館にも帰っていなかった。今度の正月こそ母とすごしたいと夏希は思った。

「そうだね、夏希の好きな飯《い》寿司《ずし》を用意しとくよ」

楽しそうに母は言った。

飯寿司は正月などによく食べられるもので、鮭やホッケの切り身と、にんじん、大根などの野菜を米こうじにつけ込んだ北海道の郷土料理だ。乳酸発酵を利用した馴《な》れ鮨《ずし》の一種である。

子どもの頃は苦手だったが、中学生くらいから夏希の好物となった。

飯寿司が無駄にならないことを夏希は祈った。

「じゃあ、わたし仕事に戻るから」

いつまでも母と話していたかったが、織田にも報告に行かなければならない。

「忙しいのに、ありがとう」

母は軽く手を振った。

夏希も手を振ってきびすを返した。

「なんだかほんわかしていいお母さんだな」

廊下に戻ると、上杉はしみじみとした声で言った。

「芯《しん》の強いとこはあるんだけど、わたしと違ってすごくほんわかしてるんですよ」

照れながらも夏希は嬉しかった。

人のことを考え、人にやさしい母は、夏希にとっても自慢だった。

チケット売場の前で立哨《りっしょう》していたさっきの巡査が、夏希たちに気づいて廊下を歩み寄ってきた。

「こちらへどうぞ。織田部長がお待ちです」

巡査は母のいた部屋の隣のドアを開けた。

こちらは広い空間だった。

会議室のようなスペースに、天板が茶色い会議テーブルと折りたたみ椅子がいくつかの島を作っていた。

前野をはじめとする捜査一課員たちがバラバラと座っていた。

さらに数人の制服警官も席に着いていた。

ここで立てこもり事件の脱出者などの話を聞いていたに違いない。

夏希たちが入って行くと、捜査一課員たちがいっせいに立ち上がった。

「真田分析官、お疲れさまでした」

代表するように前野が言って、一同は身体を折った。

いちばん奥のテーブル席に織田がぽつんと座っていた。

織田は立ち上がって夏希に歩み寄ってきた。

「よう、刑事部長だって」

気楽な声で上杉は織田に声を掛けた。

「そうだ、一〇月一日付で拝命した」

織田には珍しく素っ気ない声だった。

この二人は東大法学部の同級生であるばかりでなく、警察庁キャリアとしても同期なのだ。

ただ警察組織の使命を念頭に置いて生きてきた織田はエリート官僚としての道を進

み、自分が正しいと思うことを躊躇《ちゅうちょ》なく貫いてきた上杉ははぐれ者となった。

二人が実は同じような熱いこころを持っている警察官であることを夏希は知っている。だが、その生き方は正反対のように見える。

若い頃に、二人は紗里奈の姉である同期キャリアの五条香里奈をともに愛した。香里奈は不幸な事件で生命を落としたが、恋敵だったせいか、いまでも相手に敬意を抱きつつもライバル意識を持ち続けているような気がする。

「そいつは好都合だ」

上杉は嬉しそうに言った。

「なんでだよ」

突っかかるように織田は訊いた。

「おまえが俺の直属の上司ってことだろ。そのほかには松平本部長しかいないわけだもんな」

おもしろそうに上杉は言った。

組織上は上杉の言うとおりだ。内部不正や不適当な処分などを平気で指摘する上杉の扱いに困って、神奈川県警は刑事部に根岸分室を無理やり設けて飼い殺しにした。

上杉はキャリア警視なので本部課長級として扱う必要があったからだ。

紗里奈が配属されるまでひとりぼっちだった上杉は、それをいいことに県警刑事部の事件を勝手に単独捜査し始めた。

織田の前任者である黒田刑事部長は、上杉の実力を認めてかなり自由な捜査を許していた。

「それのなにが好都合なんだ」

眉間《みけん》にしわを寄せて織田は訊《き》いた。

「俺の好きにやらせてもらえるからな」

上杉は含み笑いを浮かべた。

「勝手なことを言うな。おかしな行動を取ると、姥島《うばじま》駐在所に異動させるぞ」

まじめな顔で織田はそっぽを向いて答えた。

姥島とは茅ヶ崎《ちがさき》沖のえぼし岩のことだ。そんな駐在所があるはずがない。

「おお、いいね。夏になりゃビキニの女の子に毎日職質かけ放題だな」

はしゃいだ声で上杉は答えた。

「おまえ、そんなセクハラ言ってると本当に根岸から追い出すからな」

吐き捨てるように織田は言ったが、上杉はへらへらと笑っている。

夏希は内心で噴き出しそうになった。

これは織田が神奈川県警刑事部長となったことを上杉なりに喜んで、言祝《ことほ》いでいるのだ。

織田もまた、上杉に対して照れまくっているに違いない。

だが、端から見ていると、険悪な二人にしか見えない。

織田は、夏希の顔を見て表情をやわらげた。

「真田さん、お疲れさまでした。あなたのお力で事件が解決したことを深く感謝しております。あなたに神奈川県警に戻ってもらって本当によかった」

晴れやかな顔で織田は言った。

夏希を警察庁サイバー特捜隊から神奈川県警に異動させたのは織田の力と言ってよい。

「お母さまとは会えましたか」

織田はやんわりと訊いてきた。

「はい、ゆっくり話ができました。宿の手配までして頂きありがとうございます」

しっかり頭を下げて夏希は礼を言った。

「とりあえず今夜の宿が確保できてよかったです。後で誰かに送らせます」

「大変親切にして頂けたと、母は喜んでいました」

「それはよかった。いいお母さまですね」

織田はやわらかい声で言った。

「ところで、人質の三人の具合はどうですか」

せわしなく夏希は訊いた。

いちばん気になっていたことだ。

あの場の自分は警察官として働くしかなかった。

医師としての資格を持ちながら、高山を診ることができなかったことは心残りだった。

「湖尻診療所の先生に診てもらいましたが、高山さんの脇腹の傷は筋肉で留《とど》まっていて、腸などを傷つけてはいないそうです。生命には心配ないということでした」

織田は口もとに笑みを浮かべた。

夏希はほっと安堵《あんど》の息をついた。

「では、二週間も掛からずに一応は治りますね」

明るい声で夏希は言った。

「ええ、すでに小田原の総合病院に搬送することも決まっているそうです」

「向井さんと長江さんについては問題ないですか」

長時間拘束され、恐怖を味わい続けた影響は健康面に出ていないだろうか。

「二人ともかなり憔悴《しょうすい》していましたが、大きな問題はないそうです。現在、湖尻診療所で点滴を受けています。点滴が終わったら帰宅できるとのことです」

疲労回復点滴だろう。いずれにしても無事なようだ。

「よかったです。人質の皆さまの生命に別状がなくて」

おだやかに織田は答えた。

「でも……横地が……」

夏希の声は震えた。

「狙撃《そげき》されて即死したのですね」

低い声で織田は言った。

「はい、目の前で射殺されました」

夏希は唇を嚙《か》んだ。

「実は立てこもり事件指揮本部は、そのままの態勢で梶川秀則《ひでのり》殺害事件の捜査本部になりました。捜査員たちを増員する予定です。明日《あした》朝一番で捜査会議を開きます」

織田は堂々とした調子で言った。

「梶川ですって？」

夏希は乾いた声で訊いた。

母が言っていた朋花の事故を起こしたトラック運転手も梶川という姓だった。

「指揮本部の捜査により横地吉秋が偽名であることが判明しました。小田原署刑事課鑑識係がこのターミナルの駐車場に駐《と》まっていた《芦ノ湖ホテル》の業務用バンの指紋を採取したところ、ステアリングから出た指紋がA号照会にヒットしました。犯歴データを取り寄せたところ、写真等から横地を名乗っていた男が梶川秀則であるとわかりました。まぁ、犯歴データは二〇年ほど前の写真なんで別人のようにしか見えないのですが、ＳＩＳがファイバースコープで撮った写真と専用ソフトウェアで照合してみました。すると九七パーセント以上の確率で同一人物と判断されました」

織田は淡々と言うが夏希は動揺を隠せなかった。

「前科者か」

上杉が低くうなった。

「たしかに横地はわたしに自分は前科者だという趣旨の発言を繰り返していました」

夏希は梶川の苦しげな表情を思い浮かべながら言った。

「横地の名でいくら調べてもなにもわからないはずですよ。犯歴は平成一五年、二〇〇三年三月に業務上過失致死で北海道警察に逮捕されて、四年の実刑を食らって服役しています」

織田はさらっととんでもないことを口にした。

「ど、どんな事故ですか」

舌をもつれさせて夏希は訊いた。

「北海道警に確認したところ、この事故は道立七飯高校近くの国道五号の赤松街道を自転車で走っていた女子高生を、JR北海道の函館本線七飯駅方向から来た二トントラックが右折の際に撥《は》ねたという事故です」

淡々と織田は説明したが、夏希は後頭部を殴られたような衝撃を受けた。

「ほ、本当ですか?」

夏希の声は裏返った。

「ええ、詳しいデータはまだ見てないのですが、被害者の名は……」

織田の言葉を夏希はさえぎった。

「武藤朋花……わたしの従姉妹《いとこ》です」

うわずった声で夏希は言った。

「なんですって!」

「ほんとかよ」

織田と上杉は顔を見合わせた。

事実を知って、夏希は複雑な気持ちに襲われた。

その苦しい半生を聞いて、横地にはいくらか同情していた。

しかし、横地、いや梶川が朋花を撥ね殺した男だったとは……。

憎しみは感じないが、梶川に対する不快感が湧き上がってくることは防げなかった。

「その事故のことを梶川は悔いていたのでしょうか」

自分の出した言葉を、夏希は内心であまり信じてはいなかった。

交通事故の前科が、就職などでそれほどまでに足かせになるものなのだろうか。

夏希はかすかに疑問を抱いた。

「わからんな」

上杉はあいまいに答えた。

「梶川は自分が殺されると怯《おび》え続けていました。『怒りにまかせて高山を刺したりすれば、俺自身がヤバくなることをわかってなかったんだ。俺は殺される』なんてことを口にしていたのです」

あのときの梶川の怯え方は尋常ではなかった。

「おい、真田。いまの梶川の話。もうちょっと詳しく聞かせてくれ」

いきなり上杉が厳しい顔で訊《き》いた。

夏希は、現場の建物内で梶川から聞いた話を上杉と織田に詳しく話して聞かせた。

二人とも真剣な顔で話に聞き入っていた。

夏希が話し終えると、上杉はあごに手をやって、織田は腕組みをして天井に視線を向けて考え込んでいる。

そのとき織田のスマホが振動した。

「はい、織田。そうか……データを僕のスマホに送ってください。ご苦労さま」

電話を切った織田は気難しげな表情で夏希たちを見た。

「梶川秀則についての新しい情報が入りました。梶川は若い頃、函館市に事務所を持つ指定暴力団朝比奈《あさひな》会系園田《そのだ》組の組員だったのです」

「ヤクザか」

上杉は鼻から息を吐いた。

「今回の狙撃《そげき》事件と園田組が関係している可能性は否定できない」

考え深げに織田は言った。

「園田組を洗う必要があるな」

上杉は眉間《みけん》にしわを寄せた。

「ところが、園田組自体は八年前に解散してるんだ」

織田は気難しげに眉《まゆ》をピクリと動かした。

「そうか、園田組は駄目か」

織田から伝染したように上杉は難しい顔で言った。

「とにかく明日朝一番に小田原署で捜査会議だ」

言葉に力を込めて織田は言った。

「おい、織田。俺は捜査本部に加わらないでいいな」

まじめな顔で上杉は言った。

「上杉がいたらかえって邪魔だ」

素っ気なく織田は答えた。

「俺と紗里奈の二人は、単独で梶川殺しの捜査に函館に行ってみる」

とつぜん上杉は思いもしなかったことを提案した。

「函館だって？」

織田の声は裏返った。

「ああ、梶川が二〇年ほど前に七飯町で起こした事故について、函館中央署に残っている捜査資料から当たってみたいんだ。関係者に話も聞いてみたい。捜査本部じゃ梶川の現在の交友関係を中心に鑑取り捜査するんだろ」

　上杉の問いに織田はしっかりうなずいた。

「そうだ。それと鑑識結果と司法解剖結果から武器などの特定をする。さらに、この付近の地取り捜査だ。目撃者がいるかもしれない」

「だよな。函館のことまで手が回らないだろ」

「ま、そっちはおまえにまかせるよ」

　突き放しているのか、期待しているのかわからない織田の声だった。

「わたしも連れて行ってください。七飯町の事故については他人事《ひとごと》ではありません」

　夏希は力込めて頼んだ。

「もちろんだ。真田は当然、来てもらう」

　上杉はほほえんだ。

「ありがとうございます」

　夏希は頭を下げた。家に帰ったら旅支度をしなければならない。

「偶然だが……明日《あした》は香里奈の命日だ」

　当然のように上杉は言ったが、夏希は驚いた。

「ああ、そうだったな。明日は一〇月一八日だ」

織田は静かにうなずいた。

「覚えていたか」

上杉は平らかな声で訊いた。

「忘れたことは一度もない」

しんみりとした口調で織田は答えた。

「捜査の合間を縫って墓参りに行ってくる。もとから紗里奈と二人で休む予定だったんだ」

「それはいい。ぜひ二人で線香を上げてきてくれ」

織田は静かに微笑んだ。

「明日が命日という日に発生した事件だろ。香里奈が呼んでいるような気がするんだ」

上杉はふだんは言わないようなファンタジックな言葉を口にした。

「そうだな……香里奈の導きがあるかもしれない」

織田は否定しなかった。

「俺にはそんな直感があるんだ。この事件は函館に行かなきゃ解決しない」

自信のある口調で上杉は言った。

「函館には今年は行けない。香里奈に詫《わ》びといてくれ」

ひどくまじめな顔で織田は言った。

「ああ、こういう事態だ。香里奈はわかってくれるさ」

上杉もまじめな顔で答えた。

「北海道警の刑事部長は僕らの一期下の櫛橋定次《くしはしさだつぐ》だよ。階級は警視正だ」

ふだんの顔に戻って織田は言った。

「そんなヤツ覚えてないぞ」

上杉は首を傾げた。

「おまえは同期だって香里奈以外には関心がなかったからな」

織田は口の中で笑った。

「まぁ、そうだ。とくに織田ってヤツにはな」

上杉ものどの奥で笑った。

「僕は上杉って男には興味がないが、櫛橋に捜査協力依頼の電話を入れておくよ。神奈川県警のお荷物キャリアの上杉って男が行くから頼むとな」

「おう、仁義を切っといてくれるのはありがたい」

「函館中央署も協力態勢を取ってくれるはずだ」

織田は自信たっぷりに言った。

夏希は函館に行くことに喜びと不安を感じていた。

なつかしいふるさとの地に帰ることは嬉《うれ》しい。だが、恐ろしい過去の事実を掘り起こすことになるかもしれないのだ。

風が出てきたらしく、東側の山の木々がザワザワと鳴り始めた。

第三章　函館の隅に眠っていた過去

【1】

「ああ、函館山だ」

夏希は窓の外を見て思わず声を出した。

抜けるような青空のもと、海上に屹立《きつりつ》するように黒っぽい緑の函館山が望める。

函館山は約三〇〇〇年前までは島であった。体積した土砂が砂洲《さす》となって渡島《おしま》半島の陸地とつながった。砂洲の部分に旧市街が広がった。

こうして空から見ると、その成り立ちがよくわかる。

「夏希さんのおうちってあのあたりだよね」

紗里奈は砂洲に家々が建ち並ぶ一点を指さした。

「そうだね、あのあたりだね」

夏希の実家は函館山麓の谷地頭町《やちがしらちょう》という地にある。

石川啄木《いしかわたくぼく》の墓がある立待岬《たちまち》に近い閑静な住宅地だ。

ふつうなら眼下には母がいるわけだが、いまは箱根でのんびりと露天風呂《ろてんぶろ》に入っているだろう。

久しぶりに函館に帰ってきたというのに、そのちぐはぐさがおかしかった。

「あたしんち見えないかな」

紗里奈も函館の出身だ。

彼女は七年くらい昭和橋《しょうわばし》電停の西側に住んでいたという。

また、姉の香里奈は外国人墓地近くの寺院墓地に眠っている。

窓の外を夏希と紗里奈の思い出がいっぱい詰まった土地が流れていく。

いや、上杉もそうなのだ。

香里奈の墓には上杉も織田もお参りしてくれているのだ。

夏希たちは羽田《はねだ》空港発朝一番のＡＮＡで函館空港を目指すことになった。

函館空港には八時半に着くが、函館中央署の担当者とは一〇時に会えることになっている。

この時間を利用して香里奈の墓参りをするつもりだった。

函館空港に着いた上杉はすぐにレンタカーを借りだしてくれた。

これならバスの時間を気にしたり、タクシーを見つけようと探し回ったりする必要はない。

たしかに旧市街を中心としたエリアは市電が便利だが、今回はどこまで動き回るかわからない。クルマがあれば安心だ。

ちなみに紗里奈はかわいがっているタイハクオウムのピリナを小鳥専門のペットホテルに預けてきた。別れるときには泣いていたという。泣いていたのは紗里奈のほうだ。

借りたのはトヨタ・カローラフィールダーという一・五リッタークラスのステーションワゴンだった。おまけに色はシルバー・メタリックだった。

なにも警察車両みたいなクルマを選ばなくてもいいのにと思ったが、もちろん夏希は黙っていた。

「なにこれ、ダサい」

だが、紗里奈ははっきりと言った。

「いいんだよ。荷物だってたくさん詰めるだろ」

上杉はふて腐れたような声を出した。

三〇分ほどで夏希たちは杏里奈の眠る墓地に着いていた。

墓石の並ぶ西向きのなだらかな斜面の向こうには瑠璃色《るりいろ》の海がひろがっていた。

「ああ。この海の色。やっぱり函館だ」

夏希は詠嘆するように言った。

「なつかしいな」

紗里奈はつぶやくように言った。

グレーの貨物船や白い小型フェリーが函館港からゆっくりと出入りしている。

夏希は緑の島から出航して函館湾のクルーズを楽しんだ青春の一ページが蘇《よみがえ》った。

そう言えば、あのときアンカリングした穴間海岸は、ここから一キロほど南へ下ったところだ。

見えるわけではないあの場所を夏希は思い出していた。

潮風の香りはこんなに高い丘の上でも鼻腔《びこう》に忍び込む。

「さ、あんまり時間がないからな」

上杉に促されて夏希たちは「五条家代々之墓」と刻まれた墓石の前に立った。

「お父さんとお母さん、お彼岸に来たのかな」

きれいに掃除された墓石を見て紗里奈がつぶやいた。

小学校の教員だった紗里奈の父親と役所勤めをしていた母親はすでにリタイア組で、現在は小樽《おたる》で悠々自適の生活をしていると聞いている。

墓石のかたわらに立てられた黒御影の墓誌に目をやると、祖先の名前に並んだ最後の一行が飛び込んでくる。

――五条香里奈　平成二二年一〇月一八日

もう一二年も前のことなのだ。

だが、上杉も織田も香里奈の死にはまだこだわっている。

前回、二人とこの墓地に来た二年前の一二月のことを夏希は思い出していた。

上杉と織田は力を合わせて香里奈の仇《かたき》を討った。

まるで生きている香里奈に対するように報告していたふたりの姿は忘れられない。

「お姉ちゃん、あたしね、テル兄の部下になって一緒に働いてるんだよ。それからね、夏希さんって新しいお姉ちゃんもできたんだ。ピリナってお友だちも。お姉ちゃん、あたしいま楽しいんだよ」

紗里奈もまた香里奈の墓に話しかけている。

上杉は墓地の花受けに入っていたしおれた花を抜き出して、買ってきた仏花を挿した。

「香里奈は本当はガーベラが好きだったんだがな」

独り言のように上杉はつぶやいた。

「へぇ、あたし知らない……それとも覚えてないだけか」

ケラケラと紗里奈は笑った。

さすがにガーベラを買ってくる時間はなかった。

魚見坂《うおみざか》のちいさな花屋で仏花を買うのが精いっぱいだった。

夏希たちは線香に火をつけ、揃って手を合わせた。

墓参が済むと上杉は一路、函館中央署を目指した。

夏希たちが総合受付に用件を告げると、驚いたことに副署長がひとりのスーツ姿の男を連れて現れた。

副署長の階級は警視だから、上杉と同じである。

織田が道警の櫛橋刑事部長に仁義を切ってくれたおかげだろう。

にこやかに副署長は担当者を紹介してくれた。

「こちらで神奈川県警さんがお尋ねの件を担当する刑事一課の海部《かいふ》友雄《ともお》巡査部長です」

海部刑事はスポーツ刈りで目のぎょろっとした巨漢だった。

身長は上杉と同じくらいだが、何しろがっしりしている。

「どうも、海部です。刑事一課の強行犯係員です」

海部は野太い声で笑った。

三〇歳くらいだろうか。刑事はやはり迫力がある。

副署長が引き上げた後、海部は夏希たちを狭い会議室に案内した。

白い天板の会議テーブルの島にパイプ椅子が並んでいて、壁際には段ボール箱が積んである。

警察の部屋なんてどこでも同じだなと夏希はおかしくなった。

テーブルの上には何冊かのファイルが用意してあった。

「いやぁ、緊張しますね。なにせ、うちの副署長や係長と一緒に組むようなもんですからね」

海部は身を反らして言った。

織田から三人の名前や階級は連絡してあるらしい。

「その点は忘れてください。俺は神奈川県警のはぐれ者なんです」

上杉はまじめな顔で言ったのだが、海部は冗談と受けとったらしく声を立てて笑った。

「今回はわたしひとりがお相手します。うちも人員はギリギリでまわしてますんで」

海部は身をちいさくした。

「お忙しいのに申し訳ありません」

上杉は丁重に頭を下げた。

「お世話になります」

「よろしくお願いします」

夏希と紗里奈はともどもあいさつした。

「こちらこそです」

すごく上機嫌な声で海部は答えた。

目を細めると意外とかわいい顔だ。

美人の夏希とかわいい紗里奈なのだからあたりまえだ。

自分で考えて夏希はあきれた。

海部はファイルを開いて目を落としながら話し始めた。

「お尋ねの梶川秀則のことをあらためて調べてみたんですよ。実は当時うちで交通捜査を担当していた者がいまは札幌の中央署にいるんですが、直接電話して話を聞いてみました。きれいなかわいいお嬢さんが被害者だったんで、そいつもよく覚えてましてねぇ。当時は故意の疑いもあったそうなんですよ」

顔を上げた海部が眉間《みけん》にしわを寄せた。

「故意と言いますと」

抑えようとしても夏希の声は震えた。

「つまり梶川が武藤朋花さんを意図的に撥《は》ねたのではないかと言うことです」

涼しい顔で海部は言った。

「そんな……」

夏希は言葉を失った。

「梶川が運転していたトラックの右折角度の不自然さを指摘する交通捜査員がいましてね。おまけに建築資材の納品の帰りに運転してたってことなんですが、いつもと時間が違うんですよ。本当ならもう少し早く戻ってくるはずなんですわ。で、この日に限って梶川が納品先で無駄話して一時間も遅く帰ってきてるんですわ。で、一方、武藤さんはいつもこの時間は部活の帰りで一定時間だったそうです。たまたま事故の日は美容院に向かっていたみたいですが、五時過ぎという時間には変わりがない。まるで武藤朋花さんの行動時刻をあらかじめ知っていて狙ったみたいにも感じられるんですよ。まだ防犯カメラもない頃で目撃者もいなかったんですが、もしかして朋花さんを待ってて飛び出したのかもしれないなんて疑いもあったそうです」

書類を見ながら平らかな声で海部は言ったが、夏希の血は凍った。

朋花は殺されたというのか。

だが、なぜた。なぜ、朋花が殺されなければならないのだ。

「故意犯となると殺人事件ではないですか」

上杉も硬い声で訊《き》いた。

「だけどねぇ、ガッチリ調べたという話なんですが、朋花さんと梶川の接点はどうしてもみつからなかったんですよ。朋花さんと園田組のつながりもなにもありませんでした。朋花さんは高校でも優等生でヤクザはもちろん半グレやヤンキーなどとも縁がなかった。となると、まじめな女子高生の朋花さんを暴力団が狙う理由は考えられません。結局は事故と判断され、梶川は業務上過失致死の嫌疑で送検されたんです。当時はまだ過失運転致死傷罪がありませんでしたからね。とにかく梶川の一件は過失犯として処理されました」

海部は明確な発声で説明した。

「なるほど、梶川には動機がなかったんですね」

上杉は大きくうなずいた。

夏希は少しホッとしていた。自分は函館高校に進み朋花は七飯高校だったが、朋花がまじめな高校生だったことは伝え聞いている。暴力団などとつながりがあるはずはない。

「梶川自体は園田組の準構成員でした。ほんとに下っ端ですよ。当時三〇代半ばで年は食ってましたが、使いっ走り程度の三下です。梶川は茂辺地出身です。高校を出てから、いろいろな職を転々としていたらしいですが、金に困って園田組の杯を受けたらしいです。園田組はほかのもっと大きな組との抗争にシマを奪われて結局八年前に解散しています。園田実《みのる》組長は解散後すぐに心筋梗塞《しんきんこうそく》で病死しています。組員たちは、さぁどうしているかわかりませんね」

海部はのどの奥で笑った。

今回の狙撃《そげき》事件に園田組出身者が関係している可能性は少ないのではないかと夏希は思った。

「ところで、梶川とは直接関係ないのですが、朋花さんの事故の直後に、函館市内でちょっと気になる交通事故があったんですよ」

海部は別のファイルを覗《のぞ》き込んで言った。

「どんな事故ですか」

畳みかけるように上杉は訊いた。

「署内でもとっくに話題にも上らないんですが、事件資料を調べていてわたしも思い出しましてね。朋花さんの事故の二日後、二〇〇三年三月三〇日のことなんですが……市内西桔梗町《にしききようちよう》の国道二二八号線で、オフロードバイクを運転していた男性が、転倒して死亡したんです。現場を調べてみると金属片などの残置物から自動車に追突されたと思われるんですよ。単独事故ではないわけです。この事故も懸命に捜査したのですが、被疑者《マルヒ》が浮かんできませんでした。被害者《マルガイ》は赤沢政隆さん、四三歳。同じ西桔梗町にある道南学院大学文学部の助教授でした……いまで言えば准教授ですね」

海部はファイルから顔を上げた。

「えっ！」

夏希は背中一面に発疹《はっしん》が噴き出たような錯覚を感じた。

赤沢が死んでいたことさえ知らなかった。

しかも朋花の事故の二日後に……。

「ご存じなんですか」

けげんな顔で海部は訊いた。

「はい、知人です。亡くなった父が親しくしていた方です」

夏希は震える声で答えた。

「あの失礼ですが、真田警部補は函館のご出身ですか」

遠慮深げに海部は尋ねた。

「はい、谷地頭町に実家があります」

夏希ははっきりと答えた。

「そうなんですか。実はわたしは大森町《おおもりちょう》の出身なんですよ」

親しげな笑みを海部は浮かべた。

「同じ海峡側ですね」

ざわめく心を静めて夏希はぎこちなく笑った。

紗里奈がちいさくうなずいた。

「ええ、二キロと離れていません。で、真田さんは赤沢さんを直接ご存じなんですか」

海部は夏希の目を見て尋ねた。

「実を申しますと、わたし高校時代まで函館で過ごしておりまして、赤沢先生にはヨット遊びに連れて行って頂いたりしていたんです。そればかりではありません。武藤朋花はわたしの母方の従姉妹《いとこ》なんです」

夏希の言葉に、海部は文字通り目を丸くした。

「いやぁ、驚いた。こんなに驚いたことはありません」

大仰な声で海部は言った。

「俺も驚いた。真田のまわりでは不幸ばかりが起こっているじゃないか」

上杉も目を瞬《しばた》いた。

「変な言い方しないでくださいよ」

苦情を言いながら、夏希はふと思いついた。

「ちょっと電話をしてもよろしいですか」

海部に向かって夏希は訊いた。

「どうぞ」

愛想のいい笑顔で海部は答えた。

夏希は部屋の隅に行って母に電話した。

「おはよう。もう宿出たよね」

「ええ、いま箱根湯本の駅よ。これから小田原に向かうとこ」

母の元気な声が返ってきた。

「わたし、いま捜査で函館に来てるんだ」

「もう。わたしがいないときに限って函館だなんて」

母はすねたように言った。

「捜査の都合だから仕方ないでしょ。それより訊きたいことがあるんだけど」

夏希としては母の感情にはつきあっていられなかった。

「なに？」

「赤沢先生のこと覚えてる？　道南学院大学の」

単刀直入に夏希は訊いた。

「もちろんよ、お父さんは仲がよかったでしょ」

「赤沢先生が朋花ちゃんの事故の二日後にバイクの事故で亡くなったこと知ってた？」

「知ってた。お父さんはお通夜に行ったよ。わたしは先生とはそんなに親しくなかったから参列しなかったけど」

ケロッとした声で母は答えた。

「どうしてお父さんもお母さんもその話しなかったの？」

自分がまったく知らなかったことが不思議だった。

「だって、あなた、朋花の事故で参ってたでしょ」

諭すように母はいった。

「そりゃそうだけど」

「だから話さなかったのよ。もっと落ち込むと思ってね。そうでなくても食事がのど通らない状態だったじゃない」

「そういうことか」

納得のいく答えだった。

「でもね、お父さんとも話してたの。赤沢先生と朋花、火曜日に一緒にヨットに乗ってたのに、その週のうちに二人とも亡くなるなんてどういう運命のいたずらだろうねぇって」

母の言葉に夏希は耳をそばだてた。

「ちょっと待って。火曜日にヨットに乗ってたってなんのこと？」

突っかかるように夏希は訊《き》いた。

「夏希は土曜日にヨットに乗ったでしょ。で、そのとき朋花が調子悪くて乗れなかったじゃない。赤沢先生気の毒がって朋花に電話してくれたんだよ。そしたら、もう体調はよくなったからヨットに乗りたいって朋花が言って、赤沢先生は火曜日にも船出してくれたんだよ。朋花は大喜びだったって恭美が言ってたのに……」

　母は声を落とした。

「そうだったの」

　これは重要な事実かもしれない。

「たしか三上くんって学生さんも一緒だったはずだよ。赤沢先生の教え子の……」

　思い出したように母は言った。

　三上なら夏希と一緒に乗っていた学生の一人だ。

「火曜日のクルージングに参加したのは三人だけなのね」

　夏希は念を押した。

　たしか赤沢は一人でも操船できるが、ドッキングは大変だと言っていた。

　ドッキングの際に役立つクルーを最低でも一人は乗せていたのだろう。

　朋花が役に立ったとは思えない。

「詳しくは知らないけどね。朋花のお通夜のときに恭美から聞いた話だから」

　母はおぼつかなげに答えた。

「そう。ありがとう。すごく役に立った。鎌倉楽しんできてね」

　夏希は電話を切り上げようと思った。

「ああ、じゃあまた電話ちょうだいね」

母の声を耳に残して夏希は電話を切った。

「興味深い事実が出てきました」

夏希はその場にいた三人に向かって声を掛けた。

「どんな事実だ？」

身を乗り出して上杉は訊いた。

「武藤朋花は赤沢先生のセーリング・クルーザーで三月二五日に函館湾をクルージングしてるんです。つまり二人はその時期に一緒に行動しています。実はわたしも二二日に赤沢先生にヨット遊びに連れて行って頂いてます」

夏希は三人を眺めまわして言った。

「三日違いですか」

海部はうなった。

「どこをクルージングしたのか覚えているか」

上杉が夏希を見て訊いた。

「ええ、わたしの場合ですけど……」

夏希はスマホで函館の地図を表示した。

全員が画面を覗《のぞ》き込んだ。

「ここは緑の島という埋立地なんですが、ここにヨットハーバーがあります」

「係留料金がけっこう高いですよね。金持ちハーバーだな。あそこは」

打てば響くように海部は答えた。

「高校生だったんでよくわからないんです。で、緑の島を午前一〇時過ぎに出航して、函館山の西側をまわって、穴間海岸の沖合でアンカリングして食事したりして……そのあと南端の大鼻崎まで行って夕方くらいに緑の島に戻ってきたんです。たぶん朋花の日も同じようなコースを取ったんじゃないかと思います」

ぐるりと船の経路を画面上で示しながら夏希は言った。

「そうか……そのクルージングが鍵《かぎ》かもしれない」

それまで黙っていた紗里奈がぽつりと言った。

「どういうことかな？」

夏希はやわらかい声で訊いた。

「突飛な発想ですけど、赤沢助教授と武藤朋花さんは二五日のクルージングで、なにか見てはいけないものを見てしまったんじゃないんでしょうか。沖合から地上の事件を見たとか……」

紗里奈は淡々とした口調で言った。

「でも、朋花が乗った日も三上さんって学生さんが乗っていたそうだよ。その理屈で言うと三上さんも口封じされてなきゃならない」

驚きつつも夏希は紗里奈の説の矛盾点にも気づいた。

「三上さんっていう名前の人の事故の記録は見つからなかったですね」

海部は平らかに言った。

「そうか……この説は無理か……」

紗里奈は悔しそうに答えた。

「真田は三上さんの連絡先は知らないのか」

上杉が夏希の目を見て訊いた。

「一度会ったきりですし、フルネームさえ知りません」

あのときもう少し話しておけばと夏希は残念に思った。

「道南学院大学文学部に連絡して、二〇〇二年度当時の在籍者を調べてもらいましょう。わたしが電話してみますよ。ちょっと待っててくださいね」

海部は部屋から出て行った。

【2】

「三上さんからなにかが聞けるかもしれないが、函館にいてくれるといいな」

上杉の言うとおりだった。函館の大学で学んでいたと言っても出身地はわからない。また、函館に本社を持つ企業は決して多くはないのだ。

「幌延町じゃ困りますよね」

気分をほぐしたくて夏希の口から不謹慎な冗談が出てしまった。

「どこだって？」

上杉が聞きとがめた。

「いえ、なんでもありません」

夏希はちいさくなって答えた。

「真田さん、クルージングは西海岸中心だったんですよね」

とつぜん紗里奈が訊いてきた。

「そう、北風がね、駒ヶ岳方向から吹くから、南へ下るのがいいみたい」

夏希の言葉に紗里奈はうなずいた。

「わたし考えたんですけど、海部さんに西海岸って言うか入舟町で二〇〇三年の三月二五日あたりに起きた事件がないか調べてもらったらどうでしょう」

紗里奈はサクッと提案した。

「それはいいかも。三上さんが乗っていたとしても、赤沢さんと朋花だけがなにかを見た可能性はあるよね」

夏希は紗里奈の英明さに感心した。

上杉が彼女の才能を惜しむはずだ。

「そうなんです。西海岸で人が住んでいる場所はすべて入舟町です。その日付近で入舟町で起きた事件を調べるのは、それほど大変なことじゃないと思うんです」

少し嬉《うれ》しそうな声で紗里奈は言った。

「うん、ぜひ頼んでみよう」

紗里奈の意見に夏希は全面的に賛成だった。

しばらく待っていると、海部がニコニコしながら戻ってきた。

「わかりましたよ。三上経行《つねゆき》さん。現在は四一歳。函館市内にいます。元町《もとまち》公園の近くで《茜《あかね》》という喫茶店を経営しています。大学で氏名と連絡先を教えてもらいました。連絡先は実家だったんですが、お母さんが喫茶店を教えてくれました。今日は営業日なんで会えると思います」

海部はテーブルの上にメモを置いた。

夏希はすぐに電話を掛けた。

声のきれいな女性が出て、訪ねてくれればお話しする時間は取れるという。

すぐに行きたいと思ったら、上杉のスマホが振動した。

「なんだって！　それは本当の話か」

上杉はすっ頓狂《とんきょう》な声を上げた。

「うん、それで？」

上杉は相づちを打つが、相手は喋《しゃべ》り続けている。

しばらくして、上杉はなんとも言えない苦しげな顔で告げた。

「立てこもり事件の被害者の高山重史さんが殺された」

「えーっ」

「なんでぇ」

夏希と紗里奈は口々に叫んだ。

予想もしていなかった。

同時に悔しさが満腔《まんこう》に湧き上がってきた。

昨日の努力はなんだったのか……。

「高山さんは荻窪《おぎくぼ》という小田原厚木《あつぎ》道路沿いの高台にある小田原城北《じょうほく》病院の外科病棟に入院してたんだが、昨夜ひそかに病院を抜け出したんだ。今朝になって二〇〇メートルほど離れた竹林のなかで刺殺体で発見された。首筋をナイフでザックリ切られていたそうだ。小田原署の捜査本部では梶川の事件と高山さんの事件は同じ犯人による犯行の線も視野に入れて関連事件として捜査することになったそうだ」

上杉は一気に喋ると、息を整えて言葉を継いだ。

「まぁ、織田からめぼしい情報は連絡してくれることになった。だが、もし同一犯だとしたら小田原付近に潜んでいたことになるな」

「それどころか、高山さんを搬送する救急車を尾行した可能性もありますね。ということは湖尻南ターミナル付近にいた可能性も否定できませんよね」

夏希は悔しさを抑えて言った。

「くそっ、なんて大胆なヤツだ」

上杉は歯噛《はが》みした。

こういう事態を予想していたら、上杉は函館には来なかったかもしれない。

海部は目をぱちくりしている。

「いずれにしても、高山さん事件の捜査は織田にまかせるしかない。俺たちは三上さんに会いに行こう」

　自分を励ますような上杉の口調だった。

「あの、海部さん。お願いしたいことがあるんですが……」

　紗里奈が遠慮深い調子で口を開いた。

「なんでしょう」

　とまどいがちに海部は答えた。

「二〇〇三年三月二五日前後に市内入舟町で起きた事件について調べて頂けないでしょうか。どんな事件でもいいです。もちろんこちらの記録に残っているものだけで」

　海部の目を見つめて、ゆっくりと紗里奈は頼んだ。

「なんだ、そんなことならお安いご用ですよ」

　気安い口調で海部は請け合った。

「では、俺たちは三上さんに会いに行ってきます」

　上杉は宣言するように言って椅子を立った。

　夏希と紗里奈もあわてて立ち上がった。

【3】

目的の《茜》は元町公園の東側にあるちいさな喫茶店だった。

函館中央署から六キロ足らずだが、金森赤《かねもりあか》レンガ倉庫や函館西《にし》波止場などまさに函館観光の中心地を通るルートだったのでいくらか時間が掛かった。

夏希と紗里奈の思い出が残るハンバーカーショップ《ラッキーピエロ　ベイエリア本店》そばの角を曲がるときには制服姿の高校生の集団をよけて通らなければならなかった。

「なつかしいですね」

紗里奈は眼を輝かして窓の外を眺めている。

「ここにあったスープカレー屋、すごく美味《おい》しかったのになくなっちゃったのか」

まるで女子高生のような紗里奈が、夏希には妹のように思えた。

海上自衛隊の函館基地隊の角から基坂《もといざか》を上ると、紗里奈がはしゃぎ声を出した。

「夏希さんの女高生時代のリッチタイムゾーンだ」

左の車窓には大正二年（一九一三）に建てられた旧イギリス領事館のシックな建物

が見えている。

この建物には《ヴィクトリアンローズ》というティールームがあって、高校生の頃の夏希は年に三回くらいアフタヌーンティーセットを同級生と食べていた。

紗里奈はそのことをリッチだと言っているのだ。

基坂を上っていくと、左手に旧相馬《そうま》家住宅が現れた。

豪商の初代相馬哲平《てっぺい》の私邸だった和洋折衷建築で明治四〇年に建てられた広壮な邸宅である。

この角を左に曲がったすぐ先に《茜》は建てられていた。

明るいグレーの羽目板に白ペンキの木枠の細い格子窓が並ぶ。

どことなく大正モダンをイメージしているが、新しい建物である。

上杉は店の前の二台並んだ駐車スペースの右側にレンタカーを突っ込んだ。

すぐに扉が開いて淡い紫のエプロンを掛けた四〇代なかばくらいの女性が現れた。

「いらっしゃいませ……あらっ、あなた……もしかして」

女性は目を丸くして夏希の顔を見た。

「夏希ちゃんじゃないかしら」

女性は嬉《うれ》しそうに微笑んだ。

この細面の切れ長の瞳《ひとみ》の顔にはどこか見覚えがあった。

今度は夏希が目を丸くする番だった。

「はい、真田夏希です」

ハキハキとした声で夏希は答えた。

「わたしのこと覚えていない？　一度赤沢先生のヨットでご一緒した麻由香です。こんなおばちゃんになったからわからないかな」

女性はいたずらっぽく笑った。

夏希ははっきりと思い出した。

ぜんぜんおばちゃんではない。あのクルージングで隣に座った女子大生のお姉さんだ。

「あ、はい。覚えています。あのときはやさしくして頂き、ありがとうございました」

弾んだ声で夏希は言った。

「もしかしてお電話くださった警察の方って……」

麻由香は夏希の顔をふたたびじっと見つめた。

「はい、わたしです。神奈川県警に勤めています」

夏希の言葉に、麻由香は目を見開いた。

「そうだったの。とにかくなかに入って」

麻由香は手招きして夏希たちを店内に導いた。

夏希たちは窓際の四人席に案内された。

店内にはオールドファッションな一九三〇年代から四〇年代のスウィング・ジャズが流れている。

壁にはたくさんのモノクロ写真が額に入れて飾ってあった。

カウンターには麻由香と同年輩のマスターらしき男性が立っていた。

当然ながらこの男性が三上経行だろう。

「ねぇ、あなた。西高校の卒業生の真田夏希さんが見えたわよ。ほら、赤沢先生のクルージングで一緒だった人」

明るい声で麻由香は夏希を紹介してくれた。

「おお、覚えているよ。なんせかわいい子だったもんな。本当はこいつよりいいなと思ってたんだ。だけど、俺内気だったからあんまり喋《しゃべ》れなかった。こいつが迫ってくるから、結局こういう不幸な現在があるんだよ」

三上は陽気な性格のようだ。

「なにバカ言ってんの」

麻由香は、笑いながら三上に肘鉄《ひじてつ》を食らわせた。

「痛ててっ。な、不幸な現在だろ」

三上は片目をつむった。

つまりそういうことか。遅まきながら腑《ふ》に落ちた。道南学院大学の学生仲間だった三上と麻由香は夫婦となって、この《茜》を経営しているのだ。

あっけに取られている上杉と紗里奈を紹介して夏希はコーヒーを頼んだ。

「ねぇ、コーヒーはわたしが淹《い》れてもいいかしら？」

笑みを浮かべて麻由香は訊《き》いた。

「もちろんです」

夏希は即答した。

「仕方ないだろ」

三上は素気なく答えた。

「わたし自身は旦那を上回っているって自負してるんだけど、認めないのよ。この人」

麻由香はサイホンに水を注ぎ始めた。

夏希は質問を開始した。

「わたしがご一緒したクルージングの後にもう一度あの赤沢先生のヨットに乗ったん

ですよね？」

夏希はさりげない調子で訊いた。

「ああ、乗った。忘れやしないよ。二〇年ほど前の三月の終わり頃だろ。赤沢先生がバイクの事故で亡くなる直前だ。土曜日にこいつとか真田さんとか永原とかクルージングしたよな。いい天気で風もよかった。それから三日後の火曜日に武藤朋花さんって女子高生と俺が先生のお供でクルージングに出た。武藤さんは土曜日は頭痛がひどかったけどすっかり治ったって言っていて元気だったよ。で、今日は部活は学校が工事のために入れないので休みだとか言ってたな。土曜日に来なかったことを申し訳なく思ってたみたいだ。赤沢先生も武藤さんが気の毒だと思って火曜日のクルージングを計画したんだよ。その日の天気も風もよかったんで、土曜日と同じコースを取った」

少し声の調子を落として三上は話した。

やっぱり朋花は夏希を避けて土曜日は休んだのだ。

いまさらながらに胸が痛くなった。

「それで、クルージング中になにか変わったことはありませんでしたか」

夏希はさらっとした調子で訊いた。

しばらく三上は黙っていた。

「なにかあったのですね？」

夏希はやんわりと答えを促した。

「俺から聞いたって絶対言わないでくれるか」

額にしわを寄せ、緊張した顔つきで三上は訊いた。

「もちろんです」

夏希はきっぱりと言い切った。

「俺はその日外国人墓地を過ぎたあたりから具合が悪くなってね。いや、船酔いじゃない。飲み過ぎたんだよ。ふだんはビールのところをかっこつけてラムソーダの缶なんて飲んだからいけないんだ。で、まぁ。キャビンに入って横になってたんだ。アルコールが抜ければウソみたいに治るからね。武藤さんみたいな女子高生の前で、かっこ悪いとこ見せたくないってのもあった。それで……」

言葉を切って三上は息を深く吸い込んだ。

「ヨットが穴間沖の《ペンギンズバレー》を過ぎてしばらくしたところまで来たときのことだ。それまで陽気に騒いでいた赤沢先生と楽しそうに笑ってた武藤さんがいきなり押し黙った。武藤さんは『きゃあ』って叫んだんだ。おかしいなって思ってこっそりキャビンの窓から陸のほうを見た。そしたら……」

三上はつばを飲み込んだ。

口をつぐんだ三上を夏希は促した。

「なにが見えたのですか」

目を大きく見開いて三上は言葉を続けた。

「ひとりの男が、白髪頭のじいさんの頭を石で殴っているんだ。殴られた頭から空中になにか黒っぽいものが飛んでいる。じいさんはすぐに後ろにぶっ倒れた。そこから一〇メートルくらい向こうに別のじいさんが立っていて平気で眺めてるんだ。ヨットは停まってないからそのまま大鼻崎のほうへと進んでいる。そのうちに石で殴っていた男がその場を離れて逃げ出した。立って眺めていたじいさんも逃げ始めた。このじいさんは最後にガラケーで俺たちのヨットの写真を何枚か撮っていた。ヤバいと思った。俺たちのヨットが現場を目撃したのがあいつらにバレたってね」

三上はふーっと息を吐いて言葉を続けた。

「俺は全身が震えて歯がガチガチ鳴ってたけど、寝たふりしていた。赤沢先生はいつもならアンカリングするあたりを通り過ぎてから帆を下ろした。機走にしてかなり沖まで出て一路、緑の島を目指したんだ。結局いつもより二時間くらい早く帰ってきた。

二時半くらいかな。赤沢先生も武藤さんも明らかにようすがおかしかった。俺よりはっきり残酷な場面を見ているわけだからな。俺は具合が悪いって言って、事件の話はせずにそのまま入舟町のアパートまでチャリで帰った」

三上は苦しげな表情で言った。

夏希の胸の奥に燃えるような怒りがわき上がってきた。

朋花と赤沢は偶然、殺人現場を目撃したために、口封じに殺されたのだ。

犯人たちへの怒りがふつふつとわき上がってきた。

「加害者や被害者が誰かは、わかりませんでしたか？」

だが、夏希は必死に感情を抑えつけて質問を続けた。

「被害者はすぐわかった。新聞とかで大騒ぎになったからな。野上房二郎《のがみふさじろう》って道議会議員だった」

低い声で三上は言った。

政治絡みの犯行なのだろうか。

「加害者は？」

畳みかけるように夏希は訊いた。

「わからなかった。調べたさ。必死で調べた。だが、殴っていた男も遠くで眺めてたじいさんも何者かは調べがつかなかった」

三上は眉根《まゆね》を寄せた。

「もし、加害者たちの写真を見たら、三上さんにはわかりますか」

夏希は期待を込めて訊いた。

「まぁ二〇年も経っているからなぁ。あいつらも老けてるだろうし……でも悪人面の二人だったからわかると思う」

言葉とは裏腹に自信のありそうな表情だった。

「警察には言わなかったんですか」

残酷と思いつつも夏希は尋ねた。

ちなみにこの付近の管轄は函館西警察署だ。

「いつか先生たちと話して警察に言わなきゃって思ってた。そしたら、武藤さんがトラックに撥《は》ねられ、その二日後には赤沢先生もバイクの事故で死んだ。俺は二人とも交通事故に見せかけて口封じされたと思った。俺はキャビンのなかにいたんで、あいつらには気づかれなかったんだ。だけど警察に行くのも怖くなったんだ。その代わり、俺は大学を休学して四月のうちにはニュージーランドに出国した。ワーキングホリデービザでな。日本にいなけりゃ殺されることもないと思ったんだ。とにかく一年間は逃げていた」

苦しげに三上は言った。

「なるほどよくわかりました。お話ししにくかったでしょう。ありがとうございました」

夏希はていねいに頭を下げた。

「まぁ、その後こいつと再会して結婚したってわけだよ」

ふつうの調子に戻って三上はつけ加えた。

「あのね、朋花ちゃんね。そのクルージングの夜、わたしに電話してきたのよ。怖いって言ってたの。なにが怖いのって訊《き》いても答えなくて。わたしはまた怖くなったらいつでも電話して、心配事なら直接会って話を聞くよ、って言ってたんだけど、あんなことになっちゃって……」

麻由香は暗い声で言った。

「そうだったんですか」

夏希は乾いた声で言った。

二〇年ほど前の野上房二郎殺しが今回の梶川殺しに関連がある可能性は高い。高山殺しもつながっているかもしれない。だが、現時点では全体構造がわからなかった。

コーヒーはとても美味《おい》しかった。

収穫はものすごく大きかった。

手応《てごた》えを覚えて夏希は戸口に向かった。

「またお話を伺うことがあるかもしれません。その節はよろしくお願いします」

夏希の言葉に三上は泣き笑いのような表情でうなずいた。

麻由香はゆったりとほほえんだ。

「お話ししたことで三上さんが不利益を被ることはありません。ありがとうございました」

上杉もきちんと礼を言った。

三人は一路、函館中央署に戻った。

【4】

およそ四〇分後、夏希たち三人は会議室で海部と向かいあっていた。

すでに三上から聞いた話は伝えてあった。

「お出かけになる前に、五条さんから二〇〇三年三月二五日前後に入舟町で起きた事件についてのお尋ねがありました。まさに三上さんが話した道議会議員野上房二郎殺害事件がそれです」

海部はさっきとは違うファイルを覗《のぞ》き込んでいる。

「遺体発見は二六日の午前一一時過ぎです。この日は波が荒くてプレジャーボートなどは出ていなかったのですが、ある大学生カップルが当時人気のあった《ペンギンズバレー》というカフェに遊びに来ていました。お茶を飲んだ後に、二人はもの好きにも奥の穴間海岸への徒歩路を歩いていったのです。そこで、野上議員の遺体を発見してガラケー……フィーチャーフォンですね。携帯がつながる場所まで戻って一一〇番通報しました。函館西署地域課員と刑事課員が駆けつけ事件性があるものとして検視官も臨場しました。野上議員は地元では有名人なので、臨場した警察官のなかにも顔を知る者がいて大騒ぎになったというわけです。あの付近は西署管内なのですが、あちらは小規模署なのでうちと合同に近い形で捜査本部が設置されました。道警本部からもたくさんの捜査員が投入されたのですが、被疑者はわからずじまいで、いわゆるコールドケースになっております」

渋い顔で海部は説明した。

「事件の背景というか、犯人の動機は絞られたのですか」

上杉は淡々と訊いた。

「当時、JR函館本線の大沼駅付近で北斗《ほくと》学院大学の函館校舎誘致計画が進んでおりました。この大学は札幌に本校があり、現在でも比較的人気が高い総合大学です。理科系が強い学校のようです。で、野上議員は推進派の大立て者でした。一方、二〇〇〇年には、公立はこだて未来大学が亀田《かめだ》中野町《なかのちょう》に開学していたこともあり、反対派も少なくなかったのです。それぞれに利権というか旨《うま》みがあったのでしょうな。野上議員の死によって、北斗学院大学の誘致計画は頓挫《とんざ》しました。結果として校舎建設予定地にはシャトレ大沼というリゾートホテルが建設されました。この視点から考えると、誘致反対派かシャトレ大沼の関係者が怪しいとも言えます。シャトレ大沼は五稜郭《ごりょうかく》町《ちょう》に本社のある渡島《おしま》リゾートが経営しています。渡島リゾートは園田組と関係があるとの噂の出ていた会社ですが、それだけでは強制捜査はできませんでした。結局、目撃者は見つからず、遺留品も残っておりませんでした。捜査は暗礁に乗り上げたというわけです」

海部は唇を突き出した。

「渡島リゾートは園田組と関係があったのですか」

上杉の問いに海部は難しい顔を見せた。

「あくまで噂です。しかもすでに園田組自体が存在しないのですから、確認する意味はありません」

きっぱりと海部は言い切った。

そのとき上杉のスマホが振動した。

「ちょっと失礼……織田か？　こっちはかなり進展したぞ。もう少し進んだらきちんと話す。で、何の用だ？　なに？　高山が？　わかった。それは有益な情報だな。じゃあまた」

上杉は電話を切った。

「小田原署の捜査本部からだ。殺された高山重史が若い頃、園田組の構成員であったことがわかった。下っ端だったそうだが。高山も函館とつながったぞ」

少し高揚した声で上杉は報告した。

夏希と紗里奈は顔を見合わせた。

梶川、高山という二人の被害者はもとは園田組員だった。梶川は野上議員殺害の目撃者である朋花を殺した。二〇年ほど前に殺された野上議員と対立関係にあった渡島リゾートと園田組にはつながりがあると噂されていた。これらの事実はいったいなにを意味しているのだろう。

「海部さん、園田組長の写真は用意できますか？」

夏希は三上に写真を見てもらおうと思った。

「用意できると思います」

海部は即座にうなずいた。

「代貸しとか幹部組合員の写真もお願いできますか。できればスキャンして頂きたいのですが」

夏希の求めに海部は胸を叩《たた》いて請け合った。

「了解です。ちょっと待ってください」

一〇分ほど待つと、海部がノートPCを抱えて戻ってきた。

「まずはこれが園田組長です。死ぬ前ですが八一歳だと思います」

ノートPCを起《た》ち上げた海部は、タッチパッドを操作して一枚の写真を表示した。

特徴のある顔つきだ。額が狭く鼻が大きい。唇はへの字に結ばれて不機嫌そのものの顔つきだ。

「かなり悪人面だな」

画面を横から覗き込んだ上杉が言った。

「ブロブフィッシュに似てる……」

紗里奈がぽつりと言った。

「続いて、代貸しをしていた延原景治《のぶはらけいじ》です。撮影当時は三二歳くらい。この男は噂では自衛官出身ということです」

ＰＣの捜査を続けながら海部は次の写真を表示した。

「うわー冷酷で凶暴な感じ」

夏希は思わず声を出した。

つり上がった両目はヘビのように冷たい。

薄い唇はあたたかい感情を見せることはなさそうだ。

「怒ったヒョウアザラシ……ヒョウアザラシに悪いか。おだやかなヒョウアザラシはかわいいし」

紗里奈はボソボソと言った。

「後は格が下がりますね」

海部は次のスキンヘッドの男の写真を表示しながら言った。

「とりあえず、組長と代貸しの写真から見てもらいましょう。ＰＣお借りできますか」

夏希の問いに海部はにこやかにうなずいた。

ＰＣを自分の前に置いた夏希は、スマホを取り出して《茜》に電話を掛けた。

「はい《茜》です」

愛想のよい声で三上が電話口に出た。

「先ほどお邪魔した真田です」

夏希もなるべく明るい声を出した。

「実はね、三上さんに見て頂きたい写真があるんですよ……」

趣旨を説明し、三上のスマホのメアドを書き取った夏希は、園田組長の写真を送付した。

「あ、こいつですよ。遠くから殺害現場を見ていたじいさんは」

三上は即座に答えた。

「これは指定暴力団朝比奈会系園田組の園田組長の写真です」

「もう少し髪が黒かったですけどね」

「数年前の写真ですが、この人物はすでに亡くなっています」

「そりゃよかった。俺のところに押しかけてきたりはしないのですね」

ホッとしたような三上の声が聞こえた。

「その心配はありません。もう一枚見てください」

夏希は延原の写真を送付した。

「こ、この男！　もっと若くて髪が長かったけど、野上議員を殴り殺したのはこいつです！」

興奮した三上の声が耳もとで響いた。

「よかった。三上さんのおかげで実行犯が特定できました」

「こいつがうちに来たりはしませんよね」

とにかく三上は口封じを恐れている。

「大丈夫です。すぐに身柄を確保します。ありがとうございました」

夏希は電話を切った。

「目撃証言が取れました。延原の逮捕令状を請求できますよね」

一語一語正確に発声して夏希は訊《き》いた。

「上司と協議してきます。本部にも連絡する必要があると思います」

あわてたように海部は部屋を出て行った。

「真田。その延原の写真な、織田にも送ってやれ」

上杉がいきなり無理なことを言った。

「え……海部さんに断らなきゃ」

夏希はとまどった。

「後で断ればいいだろう。送れ」

有無を言わさぬ調子で上杉は命じた。

夏希は延原の写真を自分のスマホに転送した後、織田のスマホに再転送した。

「送りましたよ」

ちょっと不機嫌な声で夏希は言った。

上杉は自分のスマホを取り出した。

「織田、写真届いたか？　こいつが梶川と高山殺しの犯人だ。そっちじゃ防犯カメラ映像とれてないのか？　そうか、小田原城北病院近くに怪しい人物が映っているか。その人物の写真とこいつを解析に掛けてくれ。同一人物とわかれば任意同行で引っ張る。後から誰かに令状を持って来させろ。そうだよ。マルヒを見つけたんだ」

上杉は自信たっぷりに電話を切った。

浮かぬ顔で海部が戻ってきて言った。

「本署としてはさらに慎重な捜査を進めて、逮捕令状請求の決定をしたいと思います」

「なんだって！　三上さんの目撃証言があるのに、まだ令状請求しないのか」

上杉は怒気を滲《にじ》ませて訊いた。

「なにぶん二〇年も前の事件ですので……」

額に汗を浮かべて海部は答えた。

「そんな」

夏希も大きく失望した。

ここまで来ても道警は逮捕に向かわないというのか……。

「ひとつ教えてくれ」

上杉は静かに言った。

「な、なんでしょう」

海部は言葉をもつれさせた。

「この延原って野郎がふだん巣くっているのはどこなんだ？」

鋭い目で上杉は海部を睨《にら》みながら訊いた。

「五稜郭町の渡島リゾート本社です。延原は同社の専務取締役になっていますので」

海部は声を震わせて答えた。

「延原に監視はつけるんだろうな」

厳しい声で上杉は訊いた。

「はい、それは手配してあります」

鬼教師に質問された生徒のように海部は答えた。

「よし。で、社長はなんてヤツだ？」

強い調子を崩さぬままで上杉は訊いた。

「高畠直文《たかはたなおふみ》、四七歳。創業社長の長男です。前社長はすでに物故しています」

きまじめな感じで海部は答えた。

「わかった」

それきり上杉は腕組みをして押し黙った。

しばらく小会議室を沈黙が覆った。

上杉のスマホに着信があった。

「そうか、同一人物か。織田、俺は首をおまえに預ける。いいな？」

電話の向こうで織田がなにか喋《しゃべ》っている。

「わかってるさ。責任は俺が取る。真田や紗里奈には迷惑を掛けない」

一方的に上杉は電話を切った。

「真田と紗里奈も帰ろう」

いきなり上杉は笑顔で言った。

「え？」

紗里奈がきょとんとした顔になった。

上杉の魂胆が夏希にはわかっていた。

「はい、帰りましょう」

夏希はさわやかな声を作って答えた。

「海部さん、いろいろと世話になったな。俺たちはいったん引き上げる。署長と副署長によろしく」

上杉はスタスタと歩き始めた。

焦って海部はあとを従《つ》いて来た。

一階正面玄関まで海部は送ってきた。

駐車場でレンタカーに乗り込んだ上杉はカーナビを五稜郭町の一角にセットした。

ときわ通りに面している会社だった。

クルマをスタートさせると、ものの二、三分で目的地に到着した。

RC構造の三階建ての茶色いビルだ。

そう大きくはないが真新しい。

二階あたりの壁に白地に紺文字で株式会社渡島リゾートと書かれた看板が設置されている。

上杉は一階の自動ドアの前に立って会社内に入った。

接客カウンターが続き、奥にはスチール机が並んでいて八人の従業員が執務していた。

建物内は暖房が入っているので、男性はワイシャツ姿、女性は紺色のベスト姿だ。

従業員たちはいっせいに夏希たちを見た。

上杉は背筋を伸ばし、さっと警察手帳を提示する。

夏希と紗里奈もこれに倣って手帳を提示した。

「神奈川県警刑事部の上杉と言います」

堂々たる声音で上杉は名乗った。

「同じく真田です」

夏希もできるだけ声を張った。

「五条と申します」

紗里奈の声はちいさい。

「警察の方ですか？」

五〇年輩のシルバーフレームのメガネを掛けたきまじめそうな男が訊いてきた。

「そうです。高畠社長と延原専務にお話を伺いたい」

上杉は声の調子を強めて、男をぎろりと睨んだ。

「少々お待ちください」

男はあわてて近くの電話機の受話器を取った。

「はい、神奈川県警とおっしゃっています。そうですか。承知致しました」

受話器を置くと男は愛想笑いを浮かべて頭を下げた。

「どうぞエレベーターでご案内します」

男の後に続いて夏希たちはエレベーターで三階に上った。

「社長は応接室でお待ちしております。専務は小会議室におります」

三階の廊下にはふかふかの薄い紫色のカーペットが敷き詰められていた。

「真田警部補は社長からお話を伺ってください。自分と五条巡査は専務から話を聞きます」

上杉は静かに言ったが、夏希は緊張した。

自分はひとりで社長から事情聴取をしなければならない。

もっとも、話を聞きたいのは高畠からだった。

「失礼します。警察の方をご案内しました」

男が声を掛けると、室内から「どうぞ」と答えが返ってきた。

応接室は八畳ほどの部屋でライトグレーの革の応接セットと書棚くらいしか什器《じゅうき》は

なかった。窓に掛かったブラインドは開かれており、部屋のなかは明るかった。

夏希が入室すると、背後でドアが閉められた。

ソファからスーツ姿の男が立ち上がった。

「ようこそお越しくださいました。社長の高畠です。ま、どうぞお掛けください」

高畠は愛想よく言って、夏希が座ると自分も腰を掛けた。

細長い輪郭に高い鼻、どこか甘やかされて育ったと思《おぼ》しき唇が印象的だ。

左右の瞳《ひとみ》は冷たい光が宿っている。

仕立てのよいブラウンスーツも、ベリーショートの髪もビシッと決まっている。

年齢相応の感じだが、おしゃれには気を遣っているようだ。

「で、神奈川県警さんがなんのご用でしょうか」

高畠はゆったりと構えて訊《き》いた。

いきなり上杉に振られたが、夏希は高畠を攻め落とすための確実な材料を持っているわけではなかった。

不安を感じつつも、夏希は質問を開始しなければならなかった。

上杉なりの考えがあって、夏希に高畠の事情聴取をまかせたのだろう。

この事件に高畠が関与していることは、かなりの確率で間違ってはいないのだ。

「わたしども神奈川県警では、昨日、箱根町内で起きた梶川秀則さん殺害事件と、本日小田原市内で遺体が発見された高山重史さん殺害事件の捜査をしております」

言葉を発しながら、夏希は高畠の顔をじっと見た。

その冷たい表情は少しも変わらなかった。

「神奈川県内の事件で、わたしのところにおいでですか」

落ち着いた声で高畠は訊いてきた。

「梶川さんと高山さんは、ともに箱根町内の《芦ノ湖ホテル》の従業員でした。ご存じありませんでしょうか」

「存じませんな」

高畠はしらっとした声で答えた。

昨日の立てこもり事件と梶川の殺害事件は全国的に報道されているはずだ。

まったく知らないというのは不自然だ。

だが、そのことが攻めどころになるわけではない。

「なるほど。こちらの事業は観光開発やホテル運営が中心と聞いていますが、《芦ノ湖ホテル》とは関係はないのですか」

「わたしどもは道外では事業を行っておりませんし、そのようなホテルの名も存じません。ですので、事件と言われてもなんのことやらわかりませんね」

表情を変えずに高畠は答えた。

「では、《シャトレ大沼》についてはどうでしょう」

夏希は論点を変えた。

「ああ、《シャトレ大沼》でしたら、たしかにうちの会社で運営しておりました。ですが、八年前に営業を停止しましてね……」

高畠は顔をしかめた。

「いまは経営していらっしゃらないのですか」

このことはすでに調べてあったが、夏希はあえて尋ねた。

「オープン当初はよかったのですが、年々業績が悪化しましてね。閉めざるを得なくなりました。建物等の不動産は東京の大手ホテルグループに売却しました。なに、二束三文ですよ」

苦笑いを浮かべて高畠は答えた。

「では手放されたんですね」

「ええ、現在も同じ名で運営していますが、資本的にはまったく関係がありません」

はっきりと高畠は首を横に振った。

「警察では箱根町と小田原市で起きた事件は、その《シャトレ大沼》と関係があると考えております」

夏希はいくらか強い調子で言った。

「ほう……《シャトレ大沼》と関係が……」

驚いたように高畠は言った。

だが、この動揺は不自然とは言えない。

神奈川県内で起きた二件の殺人事件と自分の会社が関係があると言われれば、驚かないほうがおかしい。

「なにか思いあたることはありませんか」

畳みかけるように夏希は訊いた。

「さてと……とくにないですな」

高畠は首をひねった。

「梶川さんや高山さんと《シャトレ大沼》との関わりがあると考えているのですが、心当たりはありませんか」

決め手を欠く夏希としては、手を替え品を替えゆっくりと攻めてゆくしかなかった。

「《シャトレ大沼》は客室数一五〇を超えています。従業員数も数百人に及びます。

仮にその人たちが勤めていたとしてもねぇ。何年もの間にたくさんの従業員が入れ替わっておりますので、すべて覚えているはずはないですよ。しかも、わたしにとっては過去の事業の話だ」

高畠は薄ら笑いを浮かべた。

「いいえ、勤めていた人間という性質のお話ではありません。今回の殺人事件は《シャトレ大沼》オープン前の開発計画と関わりが深いのです」

夏希は慎重に言葉を進めた。

「へぇ、開発計画とねぇ」

しらっとした声で高畠は答えた。

「当時、同じ土地あたりに《シャトレ大沼》建設計画と北斗学院大学の函館校舎を誘致する計画があったそうですね」

夏希は冷静な声で論を進めた。

「ええ、そうでしたなぁ」

高畠は平然と答えた。

「その二つの計画をめぐって、地元住民のなかで対立や競争が存在していたという話を聞いております」

夏希は高畠の顔をじっと見つめた。

「たしかに建設買収競争に近いものがありましてね。三人の地主さんがいたんですけど、しばらく煮え切らない返事をして土地の売却価格を吊り上げようとしておりました。うちのほうばかりでなく、北斗学院大学にも同じような態度をとっていたと聞き及びます」

さらっとした調子で高畠は言った。

これは事実なのだろう。

「そうしたなかで、結局は大学校舎建設計画は頓挫し、《シャトレ大沼》の計画は進められた。結果としてホテルが建設されたわけですよね」

夏希はいくらか強い調子で続けた。

「そりゃああなた、二〇〇〇年に公立はこだて未来大学が函館市内に開学していたんですからね。そんなに大学は要りませんから」

高畠は低く笑った。

「北斗学院大学函館校舎建設推進計画の旗手だった野上房二郎道議会議員が殺害されたことで、大学建設計画が頓挫したという話も聞いておりますが」

夏希の言葉に、高畠はまたも表情を変えなかった。

「その事件は知っていますが、大学建設計画の頓挫は関係ないでしょう」

「社長はそうは思っておられないのですか」

「くだらん邪推でしょう。どこでお聞きになったか知りませんが、ああいう事件が起きると、いろいろとつまらぬ噂をする輩が出てくるもんですよ」

高畠は吐き捨てるように言った。

「話は変わりますが、社長はその頃、こちらの会社でどんなお立場だったのですか」

夏希は静かに尋ねた。

「わたしはこの会社の副社長でした。親父が生きていて社長として会社を仕切っておりましたので、たいしたことはしておりません。まぁ、見習いみたいなもんです」

高畠の目は小刻みに振幅している。

夏希は高畠を見つめたまま、一瞬の間を取った。

「警察では野上議員殺害事件の実行犯を特定しました」

切り札のひとつを夏希は提示した。

「へぇ、いまになって？」

高畠の声はわずかに震えた。

「はい、かつて存在した指定暴力団朝比奈会系園田組の構成員です。さらに殺害現場には園田組長がいたことも確認しております」

夏希は平らかな声で続けた。

「よかったですな。殺人犯が捕まって」

目を瞬《しばた》きながら高畠は答えた。

「そんなことを言っている場合ではありません。実行犯はおたくの延原景治専務です」

夏希はきっぱりと言い切った。

「なんですって！」

高畠は素っ頓狂な声を上げた。

「そうです。目撃証言を得ました」

夏希は断定的に言った。

「そんなバカなっ」

高畠は激しく叫んだ。

「延原専務がかつて園田組の構成員だことは知っていますよね」

夏希は高畠をまっすぐ見て訊いた。

「い、いやわたしは知りませんよ。そんなこと」

激しく声を震わせて高畠は否定した。

「そうですか？　こちらの会社がかつて園田組と関わりがあったのではないかという情報も得ています」

さらに一歩、夏希は高畠に詰め寄った。

「失礼なことを言わないでもらいたい。うちは暴力団なんかとは関わりはない」

高畠はがなり立てた。

「まぁ、いいでしょう。野上議員殺害事件については北海道警察の管轄です」

夏希はいったん引いて見せた。

「じゃあ、くだらんことを言わないでもらいたいっ」

嚙みつきそうな声で高畠は言った。

次の攻めどころはと考えていると、ドアをノックする音が響いた。

「神奈川県警の五条です」

紗里奈の声が聞こえた。

「どうぞ」

ふて腐れたような声で高畠は答えた。

入室してきた紗里奈は夏希に歩み寄った。

「小田原城北病院近くの防犯カメラに延原が映っていました。その点を上杉室長が突きつけて延原に高山殺しを自供させました。さらに野上議員殺しについても目撃証言を突きつけて自供に追い込みました。すべては高畠社長の指示だったと延原は供述しています」

紗里奈はわざと大きな声で告げると、一礼して退室した。

「聞いての通りです。すべては社長が命じたことです」

夏希は冷静な声で言った。

「ふ、ふざけるなっ。証拠がないだろっ」

高畠は震える声で言った

「社長は当時、シャトレ大沼の建設計画を推進していた。しかし、一方でその近くに北斗学院大学の函館校舎を開校しようという動きもあった。ふたつの計画は両立しなかった。なぜならば同じ土地を使う予定だったからです。御社はホテルを建て多額の運用利益を上げる計画を持っていた。おりしも二〇〇二年二月からイザナミ景気と呼ばれた好景気が始まっていた。御社としては投資に意欲的だったことでしょう。だからこそ御社はどうしても大学建設計画を頓挫《とんざ》させたかった。それで旗振りの中心人物であった野上房二郎議員を亡き者としたのです」

夏希は迷いのない調子で言い放った。

「なにを言ってるんだ。失礼なことを言うと、あんたを訴えるぞ」

居丈高に高畠は恫喝《どうかつ》した。

「延原の自供に伴い家宅捜索を行います。証拠は必ず見つかります」

夏希は冷たく言い放った。

「だいいち、議員殺しの目撃者なんているはずがないんだ。あんたはハッタリを言っているに違いない」

必死の声で高畠は抗った。

「わたしはハッタリなど言っておりません」

平らかに夏希は言った。

「目撃証人などいるはずがないんだ」

高畠はテーブルをどんと叩いた。

「証人の二人は殺させましたからね」

皮肉な調子で夏希は言った。

「なんだとう」

高畠は奇妙な叫び声を上げた。

「あなたが殺すように命じた一人は武藤朋花という女子高生です。七飯町の国道を自転車で走っていたところ、二トントラックに撥ねられて死亡しました。運転手は昨日殺された梶川秀則です。事故として処理されましたが、そうではなかった。彼女は殺されたのです」

言葉にしているうちに夏希の内心に怒りがこみ上げてきた。

「そんな事故は知らんっ」

高畠は歯を剝きだした。

「もう一人は赤沢政隆という名前の大学教員です。武藤さんと赤沢さんは偶然にもヨットの上から殺害現場を見てしまった。そのことに延原は気づいた。そばにいて成り行きを見守っていた園田組長は写真さえ撮った。そこであなたの指示によって梶川秀則という男が武藤さんを撥《は》ね殺し、赤沢さんも乗っていたバイクに追突されて殺された。ところが、あなた方は誰も気づかなかったようですが、目撃者はもう一人いたのです」

決定的な事実を夏希は突きつけた。

「まさか……」

高畠は絶句した。

「警察が嘘を言うわけはないでしょう。すでに目撃者は野上議員を石で撲殺した犯人が延原であると証言しています。いま道警は野上議員殺しの逮捕状請求の準備に入っています」

夏希はさらりと言った。

「本当なのか……」

高畠の膝頭《ひざがしら》が震え始めた。

「もうあがいても無駄ですよ。逮捕された延原が証言すればあなたの逃げ場はない。あなたは二件の殺人教唆で立件されます。それに神奈川県警は梶川と高山殺しで延原に対する逮捕状を用意しています。捜査員がこちらへ向かう予定です。あなたはこの二件でも殺人教唆の責を負うことになります」

夏希は高畠の目を見て事実を突きつけた。

高畠は口を閉じようとしていた。

だが、歯が見えている。歯の根が合わないのだ。

しばらく壁の時計の秒針の音だけが響いた。

「終わりだ」

いきなり高畠は自分の頭を両手で抱えた。

「そうです。あなたは終わりです」

夏希は冷たく言い切った。

「ですが、わたしがわからないのは、なぜあなたが延原を使って梶川と高山を殺させたかです。あれから二〇年も経った今になってなぜ彼らを殺さなければならなかったのですか」

夏希には不思議だった。

「女子高生を撥ね殺したのは梶川だ。さらに大学教員のバイクに車を追突させて殺したのは高山だよ」

開き直ったように高畠は言った。

「やはり赤沢助教授を殺したのは高山だったのですね」

夏希は低い声で言った。

「あいつらは臆病者《おくびょうもの》なんだ。警察などに攻められたらなにを喋《しゃべ》るかわからない。おまけに高山は手を汚したのに、厚遇してやらなかった俺を恨んでいた。俺のやったことを洗いざらい喋る危険性があった。だから延原に消させようとしていた。ところが、あいつらは風を食らって逃げ出した。それから梶川と高山は長年どこかに潜伏していた。俺はヤツらの居場所を突き止めようとしたが、ヤツらは本当にどこかに潜り込んでしまった」

高畠はうわずった声で喋り続けた。

「なるほど自分の罪を隠すために、手下も殺すのがあなたのやり方なんですね」

夏希の辛らつな言葉にも、高畠は顔色を変えなかった。

「ところが、梶川があんなバカな事件を起こした。おかげで高山の居場所がわかったんだ。高山の名前と写真が報道されたからな。延原を現地に急行させると、高山を刺して立てこもっている男は梶川だとわかった。ようやく見つけたから、二人を延原に消させたのよ。園田のバカがあんな半端者たちを使うからいけないんだ。そのせいでこっちがとばっちりを食ってしまった。俺ももうおしまいだ」

高畠は髪をかきむしった。

「あなたはなんの罪もない武藤朋花さんや赤沢政隆さんを虫けらのごとく殺した。人間の心を持っているのですか。将来にたくさんの夢や希望を持っていた人たちです。武藤さんは恋愛すら経験できずに生命を奪われた。しかも翌日に吹奏楽の発表会を控えたその日に。彼女を愛する人が仲直りしようとしていたというのに」

棺《ひつぎ》のなかの朋花の顔が浮かんできて、夏希はあまり筋が通らないことをうわごとのように喋り続けた。

夏希の怒りが部屋のなかで燃え上がった。

「五人の人間の明日を、利得のために奪ったあなたには罪を償う資格なんてない。地獄へ墜《お》ちればいいんだわ」

警察官として、決して言ってはいけない言葉だった。

しかし夏希は警察官である前に人間だった。

自分の未熟さ、至らなさを痛いほど感じながら夏希はこころのなかで泣いていた。

「逃げようとしても無駄です。この建物は道警によって監視されています」

夏希は釘を刺して応接室を出た。

こんな場所に長く留《とど》まっているのは嫌だった。

廊下へ出ると、函館中央署の私服や制服の警官が押し寄せてきた。

警官隊は応接室と会議室の前で待機の姿勢をとった。

「真田さん、お待たせしました」

海部が妙なあいさつをよこした。

「ようやく動いてくださったんですね」

皮肉のつもりはなかったが、海部は頭を掻《か》いた。

「うちの刑事課を中心とした捜査員総出です。地域課にも協力してもらってます」

「令状まででしょ？」

不思議に思って夏希は訊《き》いた。
「はい、後から来ます。裁判所はすぐそこなんで……いまの段階では任意同行という
ことになりますね」
なるほど、納得できた。
「署長は躊躇《ちゅうちょ》していましたが、櫛橋刑事部長に電話で一喝されたらしいです」
耳もとで海部が囁《ささや》いた。
「今日のうちには神奈川県警の捜査員も、梶川と高山殺害の件で延原の逮捕令状を持
ってくるはずです」
羽田からの最終便は午後六時半過ぎに到着のはずだ。
「野上議員、武藤さん、赤沢先生の三件は道警。梶川と高山については神奈川県警さ
んの所管になりますね」
海部はちょっと顔をしかめた。
大変に煩瑣《はんさ》な手続きが始まるはずだ。
「いろいろとお手数をお掛けすると思いますが、今後ともどうぞよろしくお願いしま
す」
夏希は頭を下げた。

「こちらこそです。今回はいい勉強をさせて頂きました」

海部もにこやかに言って一礼した。

エレベーターで一階に下りると、従業員たちは黙って座っていた。

誰もが夏希のことを怖いものでも見るような目で見た。

自動ドアを出ると、レンタカーのそばで上杉と紗里奈が待っていた。

五稜郭方向の雲ひとつない青空が悲しく夏希の目に映った。

「お腹空《す》いちゃった」

紗里奈が無邪気な声を出した。

「なにが食べたい？」

思わず笑いそうになって夏希は訊いた。

「そうだなぁ、ラッピもいいし、小《こ》いけのカレーもいいしなぁ。アフタヌーンティーセットもいいね」

歌うように紗里奈は答えた。

「俺は一杯やりたいなぁ」

上杉はのどを鳴らした。

「駄目、テル兄はドライバーでしょ」

紗里奈はピシャッと釘《くぎ》を刺した。

「そうかぁ。先にクルマ返してくるか」

悩ましい表情で上杉は言った。

「空港は遠いですよ……あ、空港に行く途中の漁火《いさりび》通りに回転寿司《ずし》店があります。ちょっと横浜あたりの回転寿司とはわけが違いますよ」

大間《おおま》マグロも食べられる回転寿司は地元民にも観光客にも人気だ。

「そりゃいいな。で、寿司食ってクルマ返してからバスでベイエリアに戻るか」

上杉は頬をゆるめた。

「賛成！」

紗里奈ははしゃぎ声で言った。

「ホテル代は自費になるが、一泊してくか。二人のふるさとだしな。次にいつ来られるかわからんだろ。織田への詳しい報告は明日でいいだろ」

上杉の提案は嬉《うれ》しかった。久しぶりの函館だ。

「大賛成！」

紗里奈がスキップした。

「そうしましょう。地場野菜や魚介を使ったスペイン料理、カジュアルなイタリア料理、お箸《はし》で食べるフランス料理、海鮮丼、すき焼き、天ぷら、函館にはなんでもあるんですよ」

いまさらながら夏希は自分が食いしん坊なのは、函館育ちのせいだと気づいた。

「地ビールもいくつかあるしな」

よだれを垂らしそうな上杉だった。

「ええ、はこだてビール、大沼ビール、函館麦酒《ばくしゅ》醸造所のビール……まだあります」

自分が飲んべえなのも函館生まれのせいなのか……。

たしかに地ビールも久しく飲んでいない。

「じゃ、まずは回転寿司だね」

紗里奈ははしゃぎ声を出した。

とにかく食べて飲んで、夏希は自分を取り戻したかった。

つらい想い出もあるが、函館はやっぱりふるさとだ。

自分を作った町なのだ。

夏希は青空に向かって大きくのびをした。

海から遠いのに二羽のカモメが飛び去っていった。

本書は書き下ろしです。
本作はフィクションであり、登場する
人物・組織などすべて架空のものです。

脳《のう》科《か》学《がく》捜《そう》査《さ》官《かん》　真《さな》田《だ》夏《なつ》希《き》

ノスタルジック・サンフラワー

鳴《なる》神《かみ》響《きょう》一《いち》

令和6年 2月25日　初版発行

発行者●山下直久

発行●株式会社KADOKAWA
〒102-8177　東京都千代田区富士見2-13-3
電話　0570-002-301（ナビダイヤル）

角川文庫 24030

印刷所●株式会社暁印刷
製本所●本間製本株式会社

表紙画●和田三造

ISBN 978-4-04-114627-9　C0193

角川文庫発刊に際して

角川源義

第二次世界大戦の敗北は、軍事力の敗北であった以上に、私たちの若い文化力の敗退であった。私たちの文化が戦争に対して如何に無力であり、単なるあだ花に過ぎなかったかを、私たちは身を以て体験し痛感した。西洋近代文化の摂取にとって、明治以後八十年の歳月は決して短かすぎたとは言えない。にもかかわらず、近代文化の伝統を確立し、自由な批判と柔軟な良識に富む文化層として自らを形成することに私たちは失敗して来た。そしてこれは、各層への文化の普及滲透を任務とする出版人の責任でもあった。

一九四五年以来、私たちは再び振出しに戻り、第一歩から踏み出すことを余儀なくされた。これは大きな不幸ではあるが、反面、これまでの混沌・未熟・歪曲の中にあった我が国の文化に秩序と確たる基礎を齎らすためには絶好の機会でもある。角川書店は、このような祖国の文化的危機にあたり、微力をも顧みず再建の礎石たるべき抱負と決意とをもって出発したが、ここに創立以来の念願を果すべく角川文庫を発刊する。これまで刊行されたあらゆる全集叢書文庫類の長所と短所とを検討し、古今東西の不朽の典籍を、良心的編集のもとに、廉価に、そして書架にふさわしい美本として、多くのひとびとに提供しようとする。しかし私たちは徒らに百科全書的な知識のジレッタントを作ることを目的とせず、あくまで祖国の文化に秩序と再建への道を示し、この文庫を角川書店の栄ある事業として、今後永久に継続発展せしめ、学芸と教養との殿堂として大成せんことを期したい。多くの読書子の愛情ある忠言と支持とによって、この希望と抱負とを完遂せしめられんことを願う。

一九四九年五月三日